胡弦 著

定风波

江苏凤凰文艺出版社

图书在版编目（CIP）数据

定风波 / 胡弦著. — 南京：江苏凤凰文艺出版社，2021.6（2025.1重印）
ISBN 978-7-5594-5897-1

Ⅰ.①定… Ⅱ.①胡… Ⅲ.①诗集－中国－当代 Ⅳ.①I227

中国版本图书馆CIP数据核字（2021）第083023号

定风波

胡 弦 著

出 版 人	张在健
责任编辑	孙楚楚 于奎潮
书名题字	魏 晋
装帧设计	周伟伟
责任印制	刘 巍
出版发行	江苏凤凰文艺出版社
	南京市中央路165号，邮编：210009
网 址	http://www.jswenyi.com
印 刷	苏州市越洋印刷有限公司
开 本	880毫米×1230毫米 1/32
印 张	7.75
字 数	150千字
版 次	2021年6月第1版
印 次	2025年1月第3次印刷
书 号	ISBN 978-7-5594-5897-1
定 价	52.00元

江苏凤凰文艺版图书凡印刷、装订错误，可向出版社调换，联系电话025-83280257

目 录

第一辑　失而复得的花园

峡谷记	003
北风	004
评弹	005
甘蔗田	006
姜里村	007
敦煌	008
五毒	009
面具	011
尺八	013
创造	014
春天	015
垂钓研究	016
路灯	018
月亮	019
燕子矶	020
雾霾：旅途	021
玛尼堆	022
杜甫故里	023
倒影	024
在艾青故居	025
丹江引	028
龙门石窟	029

在国清寺	——	030
传奇：夜读——		032
琥珀里的昆虫	——	033
蛇	——	034
某园，闻古乐	——	036
异类	——	037
讲古的人	——	039
星相	——	041
卵石	——	042
秤	——	043
过洮水	——	045
发辫谣	——	046
尼洋河	——	047
玛曲	——	048
嘉峪关外	——	049
先知	——	050
烟缕	——	052
风中的事	——	053
林中	——	054
在一座火山岛上谈诗	——	055

第二辑　反复出现的奇迹

运河活页（组诗）	——	059
在南阳汉画像馆观天象图		084
甘南		087
山鬼		088
雀舌		089
黄昏小镇之歌		090
此刻	——	091

重构	——	092
克拉	——	093
咖啡馆：忆旧	——	094
夕阳	——	095
年轻的时辰	——	097
饮酒	——	098
记一个冬天	——	099
初秋帖	——	100
金箔记	——	101
更衣记	——	102
窗前	——	103

第三辑　镂空的音乐

小谣曲	——	107
仙居观竹	——	108
沈从文故居	——	109
夜间看海	——	110
一条狗的故事	——	111
种树谣	——	112
天柱峰	——	114
开花	——	115
发烧者	——	116
交织（组诗）	——	117
观城隍庙壁画	——	122
啜泣	——	123
仲夏	——	124
老屋	——	125
清晨	——	126
花事	——	127

夏花	——	128
徽州	——	129
西湖	——	130
昭明书院	——	131
雨花台	——	132
章安镇	——	133
自鼋头渚望太湖	——	134
宣城	——	135
古狩猎图	——	136
下游	——	137
雅鲁藏布江	——	138
海	——	139

第四辑　世界的尽头

酒歌	——	143
傍晚的海滨	——	145
钟表之歌	——	146
明月	——	148
卵石记	——	150
顽石	——	151
泉州洛阳桥	——	152
细雨如丝	——	153
在地铁站候车	——	154
猫	——	155
高速路边	——	157
蚂蚁	——	159
墙	——	161
插图	——	162
见鬼	——	164

回忆一部俄罗斯影片	——	165
行舟	——	167
风	——	168
乌鸦	——	169
幕府山	——	170
阿尔泰山古岩画	——	171
博物馆	——	172
临江阁听琴	——	174
溶洞记	——	175
栖霞山	——	177
羊楼洞古镇	——	178
雨	——	179
雪人	——	180
最后一排	——	181
造访	——	182
与养猫的人为邻	——	183
裂纹	——	184
石像	——	186
字	——	188
禹州张良洞	——	189
路	——	191
窗外	——	192
剧情	——	194
印刷术	——	195
准确时刻	——	196
两个人的死	——	197
在南京	——	199

第五辑 孤峰的致意

鼓	203
悬垂	207
夜雨记	208
明月	209
蟋蟀	210
蒙顶问茶	213
李庄	216
盒子	217
讲解	219
阅读	220
蜡烛	221
南风	222
秋声赋	223
倾听	224
登天	225
梦	226
空信封	228
饮茶经	229
在丰子恺故居	230
下雪了	231
霜降	232
星空	233
沙头镇	234
花山记	236
听鸟鸣	238
邻居	239
太仓南园记	240
金鸡湖	241

第一辑

失而复得的花园

峡谷记

峡谷空旷。谷底,
大大小小的石头,光滑,像一群
身体柔软的人在晒太阳。
它们看上去已很老了,但摸一摸,
皮肤又光滑如新鲜的孩童。
这是枯水季,时间慢。所有石头
都知道这个。石缝间,甚至长出了小草。时间,
像一片新芽在悄悄推送它多齿的叶缘;又像浆果内,
结构在发生不易察觉的裂变。
我在一面大石坡上坐下来,体会到
安全与危险之间那变化的坡度。脚下,
更多的圆石子堆在低处。沉默的一群,
守着彼此相似的历史。
而猛抬头,有座笔直的石峰,似乎已逃进天空深处。
山谷中,虚无不可谈论,因为它又一次
在缓慢的疼痛中睡着了。
当危崖学会眺望,空空的山谷也一直在
学习倾听:呼啸的光阴只在
我们的身体里寻找道路。
那潜伏的空缺。那镂空之地送来的音乐。

北　风

戏台上，祝英台不停地朝梁山伯说话。
日影迟迟。所有的爱都让人着急。

那是古老南国，午睡醒来，花冠生凉，
半生旁落于穿衣镜中。瓷瓶上的蓝，
已变成遥远、抽象的譬喻。

"有幸之事，是在曲终人散前化为蝴蝶……"
回声依稀，老式木桌上，手
是最后一个观众，
　——带着人间不知晓的眷顾。

评 弹

月亮是个悬念,在天上。
在水中,是悬念消失后剩下的感觉。

月亮落到回声底部,
又被好嗓子吊走——声音里
有一根线,细细的。木器在发光。

它再次来到水中,穿过城门、倒影、复印纸……
夜深了,
男人唱罢,收拾三弦;
女人卸下琵琶:她一生都在适应
月亮在她臂弯里留下的空缺。

甘蔗田

这一生，你可能偶尔经过甘蔗田，
偶尔经过穷人的清晨。
日子是苦的，甘蔗是甜的。

不管人间有过怎样的变故，甘蔗都是甜的。
它把糖运往每一个日子，运往
我们搅拌咖啡的日子。
曾经，甘蔗林沙沙响，一个穷人
也有他的神：他把苦含在嘴里，一开口，
词语总是甜的。

轧糖厂也在不远的地方。
机器多么有力，它轧出糖，吐掉残渣。
——冲动早已过去了，这钢铁和它拥有的力量
知道一些，糖和蔗农都不知道的事。

这一生，你偶尔会经过甘蔗田。
淡淡薄雾里，幼苗们刚刚长出地面，
傍着去年的遍地刀痕。

姜里村

一个小村,一片湖,偶有旅人。
去年在这里,我看见过一个溺死的老者,
沉在水中,竖直,像个日本玩偶。
他的儿子从村庄那头赶过来打捞他,
出水时,他身子很重,滑回水里多次,好像
还没有死,不愿离开那水。
他的儿子面色铁青,看不出一丝慌乱,手也有力。
哦,痛哭之前,还有那么多
需要咬紧牙关才能做的事。
后来,在他被拖走的地方,水渍
像一块继续扩大的胎记。
我站在那里,左边是老旧庭院,
右边是凶水;左边是破败的安宁,右边,
一个平静的镜面在收拾
村庄的倒影,和死亡留下的东西。

敦　煌

沙子说话,
月牙安静。

香客祷告,
佛安静。

三危如梦,它像是从一个很远很远的地方
跋涉到此地。
山脚下,几颗磨圆的石子安静。

一夜微雨,大地献出丹青。
天空颤栗,
壁画上的飞天安静。

五　毒*

足有千条，路只一条。
骇人巨钳，来自黑暗中漫长的煎熬。

唯黑暗能使瞳孔放大。黑暗为长舌
之墙上，无声的滑动与吸附所得。

万千深喉，你认得哪一声？
它也有欢歌，有满身鼓起的毒疙瘩，隐身于

夏日绿荷。而山渊、淙淙清流，
接纳过盛怒者的纵身一跃。将它们

放在一起，肉身苦短，瓦釜深坑浩渺，
胜利者将怀揣无名之恶。

唯青衣白影，腰身顺了这山势旖旎，
千年修炼，朝夕之欢，此为神话。

青灯僧舍，温软人间，已为世俗别传，
推倒盘中宝塔，亦为蛊术。而当它们

再次相会于山下的中药铺,陈年怨毒
尽数干透,都做了药引子。

＊民间所传,蜈蚣、蝎子、壁虎、蟾蜍、蛇,是为五毒。

面　具

——只有面具留了下来，后面
已是永恒的虚空。
"以面具为界，时光分为两种：一种
认领万物；另一种，
和面具同在，无始无终。"

回声在周围沸腾，只有面具沉默。
现在，对面具的猜测，
是我们生活的主要内容。
有人拿起面具戴上，仿佛面具后面
有个空缺需要填补。而面具早已在
别的脸上找到自己的脸。面具后面那无法
破译的黑夜，谁出现在那里，
谁就会在瞬间瓦解。

"面具的有效，在于它的面无表情。"
扣好面具的人，是提前来到
自己后世的人。那可怕的时刻，
脑袋在，只是无法再摸到自己的脸。
——他曾匹马向前，狰狞面具

使恐惧出现在对手脸上……
当他归来,面具卸在一边,他的脸
仍需要表情的重新认领。
一种平静的忘却被留在远方。人,
这个深谙面具秘密的物种,仿佛
被魔法控制,并听到了冥冥中传来的召唤。

"——只有面具是结局,且从不怀念。"如同
面对另一个自我。说完,
他再次戴上面具,
出现在莫须有的描述中。

尺 八

石头上行船到天竺,
针尖下种花又开过了小腹。
如果放不下仇恨,就去一趟阿拉伯;
如果放下了仇恨,就去古寺里做一只老狮子。
大醉醒来,星空激越,
斟酒姑娘的手腕上,
有条刚刚用银子打好的大河。

创 造

圆满是对自身的苛求，
是沉默，
是卵石在消减。

而讲述苦难有不同的方式，
桃花是一种，
琴是一种，
观音菩萨是一种。

松柏老去，
山峰仍年轻。
回声告知过结束，
大地无始无终。

庭院里，有人在叠假山，在古老的
游戏中
摸索全新的东西。

春　天

一滴蜜，
不会选择醒来，当它从

匙尖上滴下，
舌头像个假寐的幽灵，

玻璃瓶像明亮的陈述。一滴蜜
在环状的光中退回到
语言底部象形的部分。现在，

抒情是会意，
甚或脱离了会意。现在，
风无所得，一群孩子像糖块，一只
蜜蜂在油菜花田
飞得慢。它被

一滴蜜缠住了，嗡嗡的
喊叫无益于
便便大腹重量的减轻。

垂钓研究

1

如果在秋风中坐得太久,
人就会变成一件物品。

——我们把古老的传说献给了
那些只有背影的人。

2

危崖无言,
酒坛像个书童,
一根细细的线垂入
水中的月亮。

天上剩下的那一枚,有些孤单,
……一颗微弱的万古心。

3

据说,一个泡泡吐到水面时,

朝代也随之破裂了。

而江河总是慢半拍,流淌在
拖后到来的时间中,一路
向两岸打听一滴水的下落。

4

一尾鱼在香案上笃笃响。
——这才是关键:万事过后,
方能对狂欢了然于胸。

而垂钓本身安静如斯:像沉浸于
某种
把一切都已压上去的游戏。

5

所有轰轰烈烈的时代,
都不曾改变河谷的气候。在

一个重新复原的世界中,只有
钓者知道:那被钓过的平静水面,
早已沦为废墟。

路　灯

宇宙深处，漂浮着黑洞。
更远处的星，沉浸在深蓝中。

我从一条小路经过，
走到路灯下，影子出现。
我放慢脚步，觉察到
它的依恋：光，是它的家。
它不想走了。

而我要继续走，带着歉意，像行走在
不明地带。
走了很远，一回头，路灯已从
照亮一小片地面的光还原为
一小粒能被遥望的光。

也许，有人正在宇宙深处走着，
星星就是路灯。
而我已走过最后一盏，进入
完全的黑暗。
宇宙磅礴，但地球上一条小路的孤寂
并不比它少。
我走着，脚步声，像遥远的
有人行走时传来的回声。

月　亮

天空太高了，
月亮要亲近我们，
必须滑过树杈，下到
低处的水中。

当我把水舀进陶瓮，我知道
一个深腹那遗忘般的记忆。
当我在溪边啜饮，
我知道自己饮下过什么。

群星记得的，谦逊的夜晚都记得。
它随波晃动，涣散，为了
更好地理解水而解散过自我。
而在暴雨过后的水洼里，
它静静地亮着：它和雨
曾怎样存在于一个狂暴的时代，
并从那里脱身？

它下过深渊、老井，又停泊在
窗口，或屋檐上方。
在歌唱被取消的时代，只有它，
一直记得那些废弃的空间。

燕子矶

在凉亭下离别,
在警示牌那儿永别。
栏杆顺着悬崖蜿蜒,越过了
感知的边界。

诗词不朽。但微妙的需要
仍然傍着江水的流逝。
由于燕子敛起了翅膀,永恒被眼前
凭栏远眺的一刻拖住。

——是的,所有事都发生在
两次飞翔之间
那短暂的停顿里。

雾霾：旅途

有人研究过雾霾：它属于
修辞学范畴。比如，
是雾这个词，被霾扣为人质。
……一个小事故，属于词语内部矛盾。

太阳像磨砂的，
带着声带被摘除后的平静。
车站、铁轨、列车时刻表，
像旧制度。
对号入座后，回顾错过的一生适逢其时。

偶有山峰破霾而出，像一头
求救的巨兽。
又在车窗外转眼消失。

玛尼堆

穷人并不难过，只是
搬动较大的石头时有点吃力。

把微风给穷人，让它领着他们
一遍遍抚摸熟悉的事物。
把风暴给神，把蔚蓝给神，把关于
这个世界的新感觉，
给神。

如果你忧伤，
漫天大雪都是你的。
而穷人只要剩下的：几块牛粪，一只
在雪中刚刚降生的羔羊。

杜甫故里

春日祥和,花开满了后山。
——只在他诗篇深处,
人群、朝代,还起伏于危险中。

积百凶而得一诗人……
鞠躬时,我像一件祭品。
——我们有恒久不变的诗观,但还不足以
救活山河。这正是

孤愤肉身持有的崩坠:读一首诗总是
一分钟太长而一千年太短。

倒　影

1

万物被扣押在一个平面下：
无言的世界。所谓真相仅仅是
我们外在的配音。

一阵风吹过——也就是从我们心中吹过，
倒影，在水中挣扎，
真实的烟囱被遗忘在岸上。

2

它必须没有伤痕，
没有成见。

假如浑浊是有毒的激情，
它必须证明清澈是耐心。

它必须证明这样一种存在：
天堂，的确更低——它是颠倒的，知道
该保留什么，同时，
把我们看不见的东西悄悄
倒往更低的低处。

在艾青故居

从这里出走,去远方。
而我们沿着相反的方向,来到他的故居,
——并非他讲述的时空:如果
有回声,我们更像那回声
分裂后的产物。
老宅是旧的,但探访永远是
新的发生——在这世上,没有一种悲伤,
不是挽歌所造就。我们
在玻璃柜前观看旧诗集,说着话,嗓音
总像在被另外、不认识的人借用。
他不在场,我们该怎样和他说话?一个
自称是保姆的儿子的老者
在门槛外追述,制造出奇异的在场感。
——我感到自己是爱他的,在树下,在楼梯的
吱嘎声中,我仿佛在领着
一个孩童拐过转角,去看他贴在墙上的一生。
从窗口望出去,是他的铜像
在和另一个铜像交谈,神采焕发,完全
适合另一个地方的另一段时光。
老墙斑驳,但我已理解了

那雕像在一个瞬间里找到的意义。
滴着小雨,铜闪亮,我感受着
金属的年轻,和它心中的凉意与欢畅。
他结过三次婚——另一扇窗外,双尖山苍翠,
在所有的旧物中,只有它负责永远年轻。
被捕过,劳改过,出过国,在画画的时候
爱上了写诗——他在狱中写诗。
——昨天不是像什么,而是
是什么。他的另一座半身像伫立在大门外,手指间
夹一根烟,面目沧桑,对着
无数来人仿佛
已可以为自己的思考负责,为自己的
一生负责——最重要的
是你的灵魂不能被捕,即便
被画过,被诗句搬运,被流放和抚慰——
它仍需要返乡。要直到
雕像出现在祖宅里,他的一生
才是完整的。我凝视他的眼,里面
有种很少使用的透视法则。而发黄的
照片上,形象,一直在和改变作斗争。这从
完整中析出的片段环绕着我们,以期
有人讲述时,那已散失的部分,能够跟上进入
另一时空的向导。而为什么我们
要在此间流连,当它
已无人居住,但仍需要修缮、看守,仿佛有种
被忽略的意义,像我们早年攒下的零钱。

而穿过疑虑、嘈杂、真空,一尊铜像
已可以慢慢散步回家。
又像一个沙漏,内部漏空了,只剩下
可以悬空存在的耐心:一种
看不见的充盈放弃了形状,在讲述之外,
正被古建筑严谨的刻度吸收。

丹江引

河流之用，在于冲决，在于
大水落而盆地生，峻岭出。
——你知道，许多事都发生在
江山被动过手脚的地方。但它
并不真的会陪伴我们，在滩、塬、坪之间
迂回一番，又遁入峡谷，只把
某些片段遗弃在人间。
丙申春，过龙驹寨，见桃花如火；
过竹林关，阵阵疾风
曾为上气不接下气的王朝续命。
春风皓首，怒水无常，光阴隐秘的缝隙里，
亡命天涯者，曾封侯拜将，上断头台。
而危崖古驿船帮家国都像是
从不顾一切的滚动中，车裂而出之物。
戏台上，水袖忽长忽短，
盲目的力量从未恢复理性。
逐流而下的好嗓子，在秦为腔，
在楚为戏，遇巨石拦路则还原为
无板无眼的一通怒吼。

龙门石窟

顽石成佛，需刀砍斧斫。
而佛活在世间，刀斧也没打算放过他们。
伊水汤汤，洞窟幽深。慈眉
善目的佛要面对的，除了香火、膜拜、喃喃低语，
还有咬牙切齿。
"一样的刀斧，一直分属于不同的种族……"
佛在佛界，人在隔岸，中间是倒影
和石头的碎裂声。那些
手持利刃者，在断手、缺腿、
无头的佛前下跪的人，
都曾是走投无路的人。

在国清寺

晨光使殿宇有微妙的位移。
溪水，镇日潺潺却没有内容。
人要怪诞，并让那怪诞成为传说，给追忆者
以另外的完整性。
——譬如茶道：方丈正在熟练地洗茶。
这熟练是怪诞的，其中，有许多事秘而不宣。
教授微胖，研究宗教的人会算命，
我想你时，你与墙上的菩萨无异。
他们说，美院的学生都心有魔障，写生纸上
出现的总是另一座寺院，从那里
走失的人有时会来禅堂问路。
我也是心有魔障的人吗？沉默、咳声、交谈中
意味深长的停顿，都可以列入位移的范畴。
中午，我们吃素斋，然后，去"闲人免进"的
牌子后面看梅树、阴影浓重的院落。
一页页石阶覆满青苔，仿佛
来自某个更加罕见的版本，让我记起有人
曾在此踱步，望空噪骂，去厨房吃友人留的剩菜。
这午后的长廊自然适合告别，
游客止步的地方隐入高人。

我也抬起头来,想你就是抬起头来
向更高、晴朗、没有任何东西的地方眺望。
僧舍旁,花朵过于红硕,风却一直无法说服它们。
如今,我把方丈送我的《寒山子集》放在书架上,
用剩下的部分写成一首诗。

传奇：夜读——

与她的欢快如风相比，我是
木讷的，
我想跟上她的节奏，
这怎么可能？我是在
重复树叶做过的游戏。
风吹一遍，她变成了小妖；
风吹两遍，她剪烛，画眉，吐气如兰；
风吹着光线，她像阴影一样跑来跑去。
她说立志做个良家女子，这怎么可能？
一千年前她被编造出来，拐进传说里不见了，
但打开书本就会跑出来，
不谙世事，让我叫她
小狐狸，这怎么可能？
她旋转，笑，小腰肢
收藏着春风和野柳条的秘密。
她就像风，一千年前她就被
放进了风里。没有年龄的风呵，
吹着时间那呆板的心。
她说不想再回去了，这怎么可能？
夜已深，当我合上书本，
灰尘闭着嘴唇，月亮走过天井，大窗帘
像她离去时衣衫的飘动。

琥珀里的昆虫

它懂得了观察,以其之后的岁月。
当初的慌乱、恐惧,一种慢慢凝固的东西吸走了它们,
甚至吸走了它的死,使它看上去栩栩如生。
"你几乎是活的",它对自己说,"除了
不能动,不能一点点老去,一切都和从前一样。"
它奇怪自己仍有新的想法,并谨慎地
把这些想法放在心底以免被吸走因为
它身体周围那绝对的平静不能
存放任何想法。
光把它的影子投到外面的世界如同投放某种欲望。
它的复眼知道无数欲望比如
总有一把梯子被放到它不能动的脚爪下。
那梯子明亮、几乎不可见,缓缓移动并把这
漫长的静止理解为一个瞬间。

蛇

爱冥想。
身体越拉越长。

也爱在我们的注意力之外
悄悄滑动,所以,
它没有脚,
不会在任何地方留下足迹。

当它盘成一团,像处在
一个静止的涟漪的中心。
那一圈一圈扩散的圆又像是
某种处理寂寞的方式。

蜕皮。把痛苦转变为
可供领悟的道理:一条挂在
树枝上晃来晃去的外套。又一次它从
旧我那里返回,抬起头

眺望远方……也就是眺望
我们膝盖以下的部分。

长长的信子，像火苗，但已摆脱了
感情的束缚。

偶尔，追随我们的音乐跳舞，
大多数时候不会
与我们交流。呆在
洞穴、水边，像安静的修士，

却又暴躁易怒。被冒犯的刹那
它认为：牙齿，
比所有语言都好用得多。

某园,闻古乐

山脊如虎背。
——你的心曾是巨石和细雨。

开满牡丹的厅堂,
曾是家庙、大杂院、会所,现在
是个演奏古乐的大园子。
——腐朽的木柱上,龙
攀援而上,尾巴尚在人间,头
消失于屋檐下的黑暗中:它尝试着
去另外的地方活下去。

琴声迫切,木头有股克制的苦味。
——争斗从未停止。
歇场的间隙,有人谈起盘踞在情节中的
高潮和腥气。剧中人和那些
伟大的乐师,
已死于口唇,或某个隐忍的低音……

当演奏重新开始,
一声鼓响,是偈语在关门。

异 类

有人练习鸟鸣。
当他掌握了那技巧，就会
变成一只鸟，收拢翅膀并隐藏在
我们中间。

他将只能同鸟儿交谈，
当他想朝我们说话，
就会发出奇怪的鸣叫。

同样，那学会了人的语言的鸟，
也只能小心地
蛰伏在林中。

后山，群鸟鸣啭，
有叫声悠长的鸟、叫个不停的鸟，
还有一只鸟，只有短促的喳的一声，
黝黑身影，像我们的叙述中
用于停顿的标点。

群鸟鸣啭，天下太平。

最怕的是整座山林突然陷入寂静，
仿佛所有鸟儿在一瞬间
察觉到了危险。

我倾听那寂静。同时，
我要听到你说话才心安。

讲古的人

讲古的人在炉火旁讲古，
椿树站在院子里，雪
落满了脖子。
到春天，椿树干枯，有人说，
那是偷听了太多的故事所致。

炉火通红，贯通了
故事中黑暗的关节，连刀子
也不再寒冷，进入人的心脏时，暖洋洋，
不像杀戮，倒像是在派送安乐。

少年们在雪中长大了，
春天，他们饮酒，嫖妓，进城打工，
最后，不知所踪。

要等上许多年，讲古的人才会说，
他的故事，一半来自师传，另一半
来自噩梦——每到冬天他就会
变成一个死者，唯有炉火
能把他重新拉回尘世。

"因为，人在世上的作为不过是
为了进入别人的梦。"他强调，
"那些杜撰的事，最后
都会有着落（我看到他眼里有一盆
炭火通红），比如你
现在活着，其实在很久以前就死去过。
有个故事圈住你，你就
很难脱身。
但要把你讲没了，也容易。"

星　相

老木匠认为，人间万物都是上天所赐，
他摸着木头上的花纹说，那就是星相。
我记得他领着徒弟给家具刷漆的样子，某种蓝
白天时什么都能刷掉，到了夜晚，
则透明，回声一样稀薄。
他死时繁星满天。什么样的转换
在那光亮中循环不已？
能将星空和人间搭起来的还有
风水师，他教导我们，不可妄植草木，打井，拆迁，
或把
隔壁的小红娶回家，因为，这有违天意。
而我知道的是，老家具在不断掉漆，
我们的掌纹、额纹……都类似木纹，类似
某种被利斧劈开的东西。
——眺望仍然是必须的，因为
老透了的胸怀，嘈杂过后就会产生理智。
"你到底害怕什么？"当我自问，星星们也在
朝人间张望，但只有你长时间盯着它，
它才会眨眼——它也有不解的疑难，类似
某种莫名的恐惧需要得到解释。

卵　石

——那是关于黑暗的
另一个版本：一种有无限耐心的恶，
在音乐里经营它的集中营：
当流水温柔的舔舐
如同戴手套的刽子手有教养的抚摸，
看住自己是如此困难。
你在不断失去，先是坚硬棱角，
接着是光洁、日渐顺从的躯体。
如同品味快感，如同
在对毁灭不紧不慢的玩味中已建立起
某种乐趣，滑过你
体表的喧响，一直在留意
你心底更深、更隐秘的东西。
直到你变得很小，被铺在公园的小径上，
经过的脚，像踩着密集的眼珠……
但没有谁深究你看见过什么。岁月
只静观，不说恐惧，也从不说出
万物需要视力的原因。

秤

星星落在秤杆上，表明
一段木头上有了天象。宇宙的法则
正在人间深处滑动。

所以，大秤称石头，能压坏山川；
小秤称药草，关乎人命。
不大不小的秤，称市井喧嚷里闲口舌……
万物自有斤两，但那些星星
抿着嘴唇。沉默，
像它们独有的发言权。

一杆秤上，星空如迷宫。
若人世乱了，一定是
某个掌秤的人心里先失去了平衡。
秤杆忽高忽低，必有君王轻狂；
秤杆突然上翘，秤砣滑落，则是
某个重要人物正变成流星。
但并非所有的秤都那么灵敏，有时，
秤砣位移而秤杆不动，
秤，像是对什么产生了怀疑。

有时秤上空空,
给我们送来短暂的释然。
而当沉沉重物和秤砣
那生铁的心,在秤的两端同时下坠……
——它们各有怀抱,在为
某种短暂的静止而拼命角力。

过洮水

山向西倾,河道向东。
流水,带着风的节奏和呼吸。
当它掉头向北,断崖和冷杉一路追随。
什么才是最高的愿望?从碌曲到卓尼,牧羊人
怀抱着鞭子。一个莽汉手持铁锤,
从青石和花岗岩中捉拿火星。
在茶埠,闻钟声,看念经人安详地从街上走过,河水
在他袈裟的晃动中放慢了速度。
是的,流水奔一程,就会有一段新的生活。
河边,錾子下的老虎正弃恶从善,雕琢中的少女,
要学习怎样把人世拥抱。
而在山中,巨石无数,这些古老事物的遗体
傲慢而坚硬。
是的,流水一直在冲撞、摆脱,诞生。它的
每一次折曲,都是与暴力的邂逅。
粒粒细沙,在替庞大之物打磨着灵魂。

发辫谣

光阴再现：它从少女们
河流般的发辫开始了……

从脚踝，到篝火的跃动，
从陶罐，到回鹘商人苍老的胡须。
……长裙上碎花开遍。乐声
滑向少女那神秘、未知的腰肢。

一曲终了，断壁残垣。回声
盘旋在遥远而陌生的边陲。

——追忆韶华是容易的。难的是怎样
和漫长寂静在一起。怎样理解
所有人都走了，一轮明月
却留了下来——

……像被遗忘在天顶。现在，
所有空旷都是它的。

尼洋河

米拉山口,经幡如繁花。
山下,泥浪如沸。

古堡不解世情,
猛虎面具是移动的废墟。
缘峡谷行,峭壁上的树斜着身子,
朝山顶逃去。

至工布江达,水清如碧。
水中一块巨石,
据说是菩萨讲经时所坐。
半坡上,风马如激流,
谷底堆满没有棱角的石子。

近林芝,时有小雨,
万山接受的是彩虹的教育。

玛 曲

吃草的羊很少抬头，
像回忆的人，要耐心地
把回忆里的东西
吃干净。

登高者，你很难知道他望见了什么。
他离去，丢下一片空旷在山顶。

我去过那山顶，在那里，
我看到草原和群峰朝天边退去。
——黄河从中流过，
而更远的水不可涉，
更高的山不可登。

更悠长的调子，牧人很少哼唱，
一唱，就有牦牛抬起头来，
——一张陌生人的脸孔。

嘉峪关外

我知道风能做什么,我知道己所不能。
我知道风吹动时,比水、星辰,更为神秘。
我知道正有人从风中消失,带着叫声、翅、饱含热力的骨骸。
多少光线已被烧掉,我知道它们,也知道
人与兽,甚至人性,都有同一个源泉的夜晚。
我的知道也许微不足道。我知道的寒冷也许微不足道。
在风的国度,戈壁的国度,命运的榔头是盲目的,这些石头
不祈祷,只沉默,身上遍布痛苦的凹坑。
——许多年了,我仍是这样的一个过客:
比起完整的东西,我更相信碎片。怀揣
一颗反复出发的心,我敲过所有事物的门。

先　知

在故乡，我认识的老人
如古老先知，他们是
蹲在集市角落里的那一个，也是
正在后山砍柴的那一个。

他们就像普通人，在路口
为异乡人称一袋核桃；或者，
在石头堆里忙碌，因为他们相信，
凿子下的火星是一味良药。

给几棵果树剪枝后，坐下来
抽一袋旱烟。
在他们的无言中，有暗火、灰烬，
有从我们从不知晓的思虑中
冒出的青烟。

抽完后，把烟锅在鞋底上磕两下，
别在腰间，就算把一段光阴收拾掉了，
然后站起身来……

当他们拐过巷口消失，你知道，
许多事都不会有结尾。而风
正在吹拂的事物，
都是被忘记已久的事物。

烟　缕

运走玉米,播撒麦种。
燃烧秸秆,烧掉杂草、腐叶……
已是告别的时辰,
就像烟缕从大地上升起。

年月空过,但仍可以做个农夫,
仍可栽枝栽树,种菜种豆,
无所事事地在田埂上散步,让旧事
变得再旧一些。

种子落进泥土,遗忘的草就开始生长。
万物在季节中,爱有的耐心,恨也有。
但这是告别的时辰,每一缕烟
都会带走大地的一个想法,
并把它挥霍在空气中。

风中的事

风在吹,船在漂移。
廊柱间,蛛网仿佛废弃的罗盘。

风在吹,虚线离开实体,
有人在说话,图案与心灵不对称,
光站在针尖上,旗帜远去。

风在吹。风中的事总是
有了开始又再次开始。
墙上的吉他:遥远的星座,
街边的邮筒:穿雨衣的男子。

风在吹,从空旷的广场上经过时
突然加速,将高大的悬铃木猛力摇撼。
……一瞬间它认出了,那些
正在树干里挣扎的人。

林　中

回忆漫长。椴树的意义用得
差不多时，
才适合制成音乐。

午后，水杉像一群朝圣者，
花岗岩的花白有大道理。

"风突然停了。白头翁的翅膀
滑入意义稀薄的空间……"
太阳来到隐士的家而隐士
不在家。

乌桕拍打手上的光斑，
蓝鹊在叫，有人利用这叫声
在叫。甲虫
一身黑衣，可以随时出席葬礼。

在一座火山岛上谈诗

那天,我们在岛上谈诗。
我看到脚下有种黑色的岩石,
像流质,滑入海水深处,虽早已凝固,
仍保留着流动的姿态和感觉。
海水清澈,几十米深处的石头仍然可见,
在粼粼波光下,像仍在流动。
再深,在我们的视线之外的地方,
它们一定仍在下沉吧。
而在遥远的拉帕·努伊岛上,
火山岩雕成的巨人,立在海边,
一直神秘地眺望着远方。
你说,我们应该写那种东西:石人望见的东西,
因为它们在远方,而且,
含着眺望者的期盼。
但我想的是,脚下,这些黑石头会一直
下沉到哪里?
据说,巨大的石人曾被偷走,
但从没有盗贼去偷一座死火山,
连岁月也不能,因为,有人曾在纸上
挖出过他们的手无法承受的东西。

是的,有些诗就是这样,
你可以读它,但一谈论,就无法深入下去。
声音中的诗,如风景,如恋人们
在沙滩上接吻;相触的唇
多么轻盈,像海面上卷动的细浪。
而再深究,它却发生了巨变,像有一座
幽暗的大教堂在海水中下沉。
所以,说到底,诗歌仍然是个谜,
它发生过,它正在发生,
它像海水那样是冰冷的
现实主义,从不带有慰藉,却又把
一座炽热的旧天堂抱在怀中。

第二辑

反复出现的奇迹

运河活页（组诗）

传说

小鱼在网里、盆里，
大鱼，才能跳出现实，进入传说中。
那是运河的基因出了错的地方，
在它幽暗、深邃的 DNA 里，
某种阴鸷的力量失去了控制。
昨天的新闻：某人钓到一条鲵，长逾一米。
而在古老的传说中，一条河怪
正兴风作浪，吃掉了孩童
和用来献祭的活猪。
所以，当我向你讲述，我要和
说书先生的讲述区别开来：是的，
那些夸张、无法触及真相的语言，
远不如一枚鱼钩的锋利。而假如你
沉浸于现实无法自拔，
我会告诉你另一个传说：一条
可爱的红鲤，为了报恩，嫁给了渔夫，
为他洗衣做饭，生儿育女。
——当初，它被钓上来，

流泪，触动了我们的软心肠；
被放生时，欢快地游走了。而当它
重新出现在我们的
生活中，喉咙里的痛点消失了，
身上的鳞片却愈加迷人。

咖啡馆

古桥高耸，咖啡馆的木质平台
延伸到水边。
明月滑下柳丝，
带着柔软光束。

而人呀，是否要经历过漫长黑夜
才会变得更好？
神意荒疏，护城河停止了滚动，现在，
迷离光晕，是人间幸福的一部分。
我们在桥边散步，又坐上船，划向
星空燃起又熄灭的地方。
明月位移，竹影、爬藤、碎花和木纹、
老照片里的琥珀黄，
都是水的回声。

我们坐在靠河的窗边，笑意
在眉宇间流动，
你的面庞正是初夏的模样。

——古老的水在你眼眸里闪光。

史公祠

"最难的,是你不知道衣服在想什么。"
公元1656,屠城后一年,史德威
葬史公衣冠于梅花岭下……

告诉我,那布帛是怎样
在离开肉体后获取了生命?并从
被埋掉的黑暗里提取呼吸。告诉我,
什么人,正在无人注视处正其衣冠?

屈铁枝头,梅朵爆裂。
春天带着怒气,美在挣扎中分崩离析。
飞檐、船厅、朗朗木柱,你如何
说服它们在建筑学里安身?

小雨落向瘦西湖。我们上桥,下船,
——并没有出现在别的地方。来自
护城河的风在景区里游荡,为花蕊
和善于遗忘的水面授粉。

祖逖击楫,文山取义,危城中,
有人因愤恚而断舌、碎齿。告诉我,
漫长妆容,怎样

取代了葬在镜子深处的人？

镇江： 运河入江口

夜晚，入江口像一间黑暗的屋子，
绞绳和帆索嘎嘎作响，听力好的人
能从中听到我们命运的预言。

而在皎皎白日，运河如镜。
——倒灌的江水已放慢了速度，稍稍
和交汇的激情拉开了距离。但身体里
残留着从湍急、蛮横之物那里
借来的怪力。

——更大的水掌控着另外的流向。
船队在经过，生活
正是从搏斗后的疲倦中上岸的。
像一个舟子，拖着影子回到家中，
顺便带回了远方的光影。
他的面容更新了庭院里的空气，
以及家人说话时的心境。

运河穿过街巷。它从江边来，本是一个
倒影和漩涡的收集者。
——像一个巢，它变得克制，
弯曲，狭窄，却意味深长，使生活

有一个在内部混合的深处。
门在掉漆,剃头挑子冒着热气,
从楼上的美人靠上下视,
商业街里水纹密布。
因为水的透明,这生活才变得
可以透视,并使这庸俗、
内藏冲动的日常,反射着刁斗的视野
和船只的幻影。多少
秘密深藏,又无声息地离去,一条
有经验的河流,使街市
像一条有经验的船:伟大的
技艺在制造微小的快乐,
并维护着它们的流动和完整。
时光粗野向前,而运河负责的
是古老感情的副作用。
水,因交汇、激荡而混浊,留恋,
老城深处,河底的天空却愈发清旷,
并分走了河流的一部分重量。

浚县, 大伾山石佛

天地已变,唯佛不变。
——俯视中,他不曾缩回他的手。

风吹过河道,仍有波浪在草尖上疾行。
——风是最好的致幻剂。

——仿佛仍有东西留了下来，
并活在那起伏中……
用于镇压的手，其后可以用于安抚，甚至，

会重新触及另外的时刻：它调解过
激流内心盲目的自恋。
当激流消失，某种
神秘的威力，已从宗教
转移到了情感中。

——是失败的本能在处理
我们的生活：相比于手势，手
是平庸的，但更耐用。对于
不断到来的时代，手势在拒绝；而手，
总是先于那手势进入其中。

岁月

那是属于它的岁月，一种崭新的教育
重新定义万物。
空气中，惶恐的信号消失了，
大野恢复了从容的气息。
季节转换，在纤夫的号子和船歌里，
没有迟到者，也没有走得紧迫的光阴。安乐，
像宜人的事物，面目清和，充满趣味。
——所谓繁华，就是总有新的开始，就是

砚台和竹管凉凉的,但激情在研磨,且墨已知道
温热、河流般的笔画能描绘什么。
城池稳固,民谣飘荡,烟花满足于把握住的一瞬,
最好的瓷器已被烧出,那火
是喜悦的,不能用于沉思,因此才有
新雨后,天空般的颜色从其中滑出。
大门开着,大道宽阔,彩羽春心葳蕤,
而顺着波浪,总能找到酒肆、戏台、唱腔、
舒卷的水袖。
如同生活在答案中,所有问题都像小小的漩涡,
已被流水随手解开。繁华,一程又一程,
无穷尽,一座青山做了上阕,必有
另一座青山愿意做下阕。
在那属于运河的岁月,那么多的东西与它相伴,
当它浩浩荡荡,强者有力,天地震动;
当它涓涓静流,春风柔肠,软了腰身。
长河入天,锦绣入针尖,
桨声灯影,山河的绚烂正当其时。

神话

如同神话,在一幅画
薄薄的叙述口吻中,总会有个
看不见的人在其中穿行。
运河,仿佛可以被画笔召之即来。
皇帝和神都如同玩偶。

纤夫赤膊,士子苦读。
驼队带着秋风。倾斜的大船通过桥洞时,
总有无数的漩涡相随。
算命先生沿街行走,他想把
所有人命里的漩涡提走。
当你乘船南下,赶赴一场改朝
换代的欢会。运河,在更深的深处,
有了更隐蔽的角色和表情。

城阙巍峨,街市繁华,
竹木、稻米、布匹和酒,随着时光的推移,
在泛黄的纸上改变了态度。
铁在酣睡。隔空的召唤对它不起作用。
流水再流,一出画面,
就会碰上你不忍心着笔的结局。

而有个人一直在画中穿行,
无声,无形,不会触到任何人。
只有他知道,当浮华散尽,所有传说
都要重新接受责难和诘问。

镜像

牌坊,亭子,古色古香的塔
(它可真气派,据说它来自
线装书里的一段叙述)。

古城曾繁华，这确凿无疑，
但对于那些消失的朝代，我们
都缺少经验。
这用于俯瞰的古城门，现在
陷身闹市，只能用于朝时间深处张望。
我们在灯下读书，运河中
作为风景的水并不流动。当初，
催促人们书写的力量
已提前消失。而任何文字
都不会在阅读中死去：不是水，
是这些文字在保护它知道的一切。
浮世，还是交给游船吧。许多事
在文字间拖得太久了，以至于我们
都倦怠下来。甚至，
觉得没必要知道得太细致。
当我们想清楚了那其中的秘密，比如
面对这牌坊和塔楼，
会觉得，历史正该如此维持。又疑心
哪里有些不对，仿佛
被解说者的语气藏起了什么。
在门票、喧哗，或反常的寂静中，
我们忠实地肯定的过去，又仅仅
像从线索中分蘖的似是而非的东西。
是的，所有线索里，
运河无疑是最大的一条。
倾斜的记忆，总像会在某个夜晚的

码头登陆，潜入
我们的生活而我们不知不觉。
这是我们的时代，圣旨搁置在展厅中。
这也是古老的时代，一张泛黄的
公文，细读之下，感觉它对于我们的生活
仍在起作用。
不管你想知道什么，仿古建筑
都会试图做一个称职的向导。
我们在运河边行走，看见
平静的水面仍在截取镜像。
在所有时代里它都是这么干的，
如此伟大的技艺，忠实，准确，却常常
又被忽略到无关紧要。在它们
进入到未来某个人的思索之前，它们
徒然地记录着发生的一切，
知道一种深深的疑虑像一幅画，或者
置于显影板上的一张 X 光片。
世事难平，只有河面是平的，
而波浪是一种不真实的东西，它代表了
许多无法细究其意义的瞬间。
理想像巨浪倒塌了，太突然地
发生，甚至来不及产生教训，
就被转换成纸上的技法。
运河边，彩灯亮了，河水
被干预，变幻着颜色，仍然像
一处合适的避难所。有人

把雾气处理得像一声叹息,并觉得,
想不明白的东西,
这样呈现是恰当的。
多好的艺术,多么糟糕的方式。一直,
我们辜负了运河的镜像,以至于
当它从遗忘中重新浮现,
仍然是陌生的。
那么多世代过去了,我们从不曾领悟
一面镜子真实的愿望。
铜镜、玉器、陶瓷、柱础、箭镞……
松散生活中的严格之物,备受
珍惜中暗藏的方向和误差。
民谣、唱腔、船夫号子……
生动的声音都有它的血统,
和不容置疑的尺度。
而风像惯性一样吹着沿岸,它的任性中
只有决定,并无见解。
来自戏曲的高潮,却常常
陷入锣鼓的急刹制造的寂静,变成了
难以被理解的空虚感,让人拿不准
是否有另外的生活隐身其中。

源头

也许你认为,只要把好舵,
就能把握住河流。但这正是

生活的神秘与危险所在。不知不觉，
你的声音像河床，
你的黑发变成了河水的颜色。

运河，它是否也会有一个源头？
某个饮酒的黄昏，船不动，
你听见河水在走，在寻找。
太阳、月亮，都在发出脚步声。
如果运气好，紊乱的水纹
会被恩惠般的手指梳理出来，出现在
木案、书简、织物的
花边里，有了教养
和秩序，进一步吸收人世的温情。

而在帝国的脉跳中，波浪总是癫狂。
它没有枯竭是因为
命运未曾出场，还不存在失控的事物。

有时洪水暴发，有时河道淤塞，
欢乐需要苦心经营而灾难
总是不期而至。
乱世之秋，地狱仿佛放了假，
运河上的人群波浪般溃散，甚至，
庞大的帝国，也想挤上一艘逃难的小船。
运河吃力地拧着身子，但它最后
留了下来，像个悲伤的遗民。

那不知是谁的命运，浅滩一样显露，
阴影般的船只搁浅在那里。

谜

许多年后，河流成谜，
一个暴君，变成了破谜人。
从谜底开始，他命人挖一条河，
以便自己在其中航行。是那种

绘有虎面的船，甲板上，
仪仗，华服。雄心，和盛开的情欲如花团怒放，
旗帜如火，谜面如油。

许多年后，大地已空，
只有他不愿从少年的心中退场。
放纵与繁华之让人兴奋，
像在谜语中养虎。
江南三月，春天谜一样摇晃，
古窑、垂柳、博物馆，像一群猜谜人。

少年在成长，运河流淌，低低的
虎啸如梦境。

滚动

和那些朝大海下行的河流不同，
从南方到北方，它一路都在上升，
船闸落下，升起，它一节节
渐渐高过了国家。
河道也在上升，码头悬于空中，它的光
颠簸在柜台、辞赋、舞姬们旋转的霓裳间。
歌声在天空里过夜，水的裸体
要到天亮后才着衣。
有时，它是山歌的水、粗布和花布、烧酒的水，
有时，它是醉了的汉子和踉跄的王朝的水。
河太长了，有人隔着河在争论，
岸总是对的，朝代却会出错，国家消失后，
刀口、铠甲上锈住的光，像水渍。
所以，水到最后会变成
我们称之为"无"的东西。而一些
从河流泛滥过的地方回来的人，脸
被黑暗簇拥，他们的沉默，
像消失了的船的沉默，
像仅有的几座古桥的沉默，
水中的影子，让我们所处的世界起伏不定。
而真实的水在滚动，河流还在向北。
—— 一定有一个更远的远方，
我们和河流都未曾去过。

河下镇

被本能驱使,屋顶上的脚步声
一直不曾消失:它们拒绝成为纪念品,拒绝
只在遥远的描述中现身。
流淌,水就是真实性,
大堤投下倒影,船首分开浪花,证明了这真实性。
风和日丽,高速路远去,
废弃的台阶上,有已被我们抛弃的念头。
当明月升上天顶,你感受到那些
被我们一再摆脱的痛苦,并未真的离去。
桥跨在河上,有人在小巷里唱着曲儿,
深藏民间的音乐,为一条长河绘出过
无数画卷,而我们拥有的
永远是眼前的这一幅。
——它似乎已被完整地浏览过,
凝神间,又没有任何我们想要的东西。

博物馆

独轮车不再需要推手,
桅杆,停在不知名的天空中。
一直有人在造船,但那些船
也许从不曾抵达过我们,倒是幻听中
叮当的斧凿声不断传来,像一种
致命的诱惑。

"是的，一条河到最后
消失在博物馆里才是合理的……"
像一个恶作剧，在这世上唯一
没有风的地方，帆都饱满。而生锈的
箭头射中的肉体，
已把全部的疼痛转让给了光阴。

我们边走边聊，聊到
那些在大地上消失的城市，是怎样
像一艘艘船，秘密地泊在志书中。
我们停在一张古地图前：
大海居右，河道像秘密的语系。
纸张有比我们更深的沉默。
——灯突然灭掉了，我们咳嗽一声，
灯再次开启，博物馆像一座
突然在光中冒出的
失踪已久的码头。

洪流

洪流滚滚，岸意识到
掌控一条河所需要的全部颤栗。
——它不断增高，高过大地，成了
一件空中的事。

洪流滚滚，俯瞰中，

世界，像一幅即将被撕毁的图像。而它

接受拍击，冲撞，
体会着作为岸的真正心理。洪流
滚滚向前，想要
从它制造的事件中抽身离去。

"首先要理解什么是命运，然后
才能理解绝望者的信仰——"
洪流激荡，像滔滔群鼓，带着
先于时间崩溃的东西。它们

低吼着，像蛮力，像噩梦，像碎石机，
像罕见的记忆。
昂着头，像一个危险的全新物种。

临河的居所

听她回忆童年是件有意思的事，
比如，那楼梯上的小女孩，
是她，又像只是个出现在讲述中的人。
——是讲述，让我们意识到了
和自己早已拉开的距离。
此中有种莫名的兴奋，就像在
清晨的后窗俯瞰运河，
俯瞰乌篷船、洗菜的妇人，

然后穿过房间,来到临街的阳台。
饿了,年老的祖母在熬粥。
街景晦暗,像厨房墙壁的颜色,
煤球炉的烟,加剧了等待的漫长,如果
不太饿,那等待则饶有趣味。
偶尔敲锣打鼓,戴纪念章的人群
从楼下走过,随运河去远方。
父亲在干校,母亲插队,
他们的面孔贫瘠而模糊。
有次母亲回来,带来一颗软糖,
甜得黏牙,仿佛能把喉咙化掉。
时代和苦难都太大了,
但大人,仍会去贿赂自己的孩子,
让他们以为,他们的童年
仿佛发生在别的地方。
直到有一天,他们回来,说,不走了。
这次,他们带回来很多软糖,
她母亲把它们倒在小桌子上,
她被那场景深深震撼,仿佛看到那么多
远远超出想象的幸福,
从一个袋子里一下子被倾倒了出来。

现在

她说,婚后有一次,
她和老公吵了架,

他跑出门去,很久没回来,
她有点心慌,抱着婴儿假装
出去散步,
实际是去找他。
先找到的,是运河边,
他的一双鞋子。
她的心一下子吊了起来,沿着河
上上下下找了许久,
终于远远看见了
他扒在一艘船的船帮边,
优哉游哉,半个身子吊在水里。
她气坏了……
我们却笑起来,原来,
生活,还有更加可爱的处理方式,
烦恼,是丢在岸边的一双鞋子,
能确认的是,他不会真的跟着船远走,
因为无论走多远,即便
到了另一个朝代,还不是一个
大同小异的故事在等着他!
所以,不如吊在船帮上,安心呆在
"现在"中,享受快乐的
浪花冲刷着身体的"现在"。

过临安

朝代厘清,远山和平原就分出了层次。

河流,归于黑暗;恒星,归于神学。

中毒的时间散发出檀香,爱情
是被摧毁的天气。
列车在提速,在掠夺你身体那远郊般的安宁。
下雨了,每颗核桃都有个小故事。

临涣镇

小镇灰灰的,
灰灰的老街、方言、土产。
它也有古城墙、城隍庙,嘈杂的
农贸市场,散发着
地摊儿味道的服装店。
唯老茶楼的桌椅、土瓷和粗砂,
有种褪尽了荣光的安宁。
从郡到县,到一个小镇,
这倒退般的演进,需要一壶茶
才能把方志书上沉重的话题,
置换成茶汤中的回味无穷。
清晨,门板卸下,大灶热气腾腾,
待到茶客满座,有人来唱坠子
或拉魂腔。有种欣悦,像耍碗,
或耍手帕,熟能生巧,从技艺
那紧张的连接里偷得悠闲。
琵琶、腔调,都是老的。

上面来人参观时,就编些新的小调,
仿佛这正是岁月的样子,
望风采柳,水袖舒卷,板眼
不为追着生活疯跑的激情所乱。
有个盲者的绝活是,掐一根竹篾
当软弓,让京胡发出了百鸟的鸣啭。
最欢乐的声音最偏执,正好适合这暗黄、
偏僻的小镇,
让人忘掉了面前正滚动的时代。
——仿佛我们拥有的,
仍是剔除了时间观的古老自然。

说书人

溽热夜晚,没有夜航船,
老运河的水面像脱了漆的桌面。

那是说书人讲完故事后
剩下的桌面,
老旧,却一直没有坏掉,
上面,有种意味深长的寂静。

说书人沿着运河行走,
说着同一个故事。
追随他,我们曾到过另外的埠头。
世界在变,一代人换成了

另一代人,
他讲故事的腔调,和他讲的故事
却一直不曾改变。

北京东四十条, 南新仓

下雨了,灯笼亮了。
整座房子亮了,一片片红光
被分给雨。房子像一只大灯笼,此刻,
最好的雨仿佛在围绕它落下。

食客们落座。墙上的文字、图片,
是关于房子的介绍。
南新仓,六百年,它还曾是
避难所、兵器库、废墟……
没有美味相佐,历史也是难以消化的;所以,
改为一座饭店最合适不过;所以,
我们像坐在历史深处饮酒,有些话,
就是说给不在场的人听的;因为,
历史被反复讲述,但还是
有很多地方被漏掉了,比如,
穷人的胃,富人的味蕾,国家的消化系统。
万事皆有约束,包括我们难以下咽的命运,
但口腔除外。如同秘密的职责,如同你咀嚼时
雨在窗外怪异的讲述。
在古老的时代,总有船连夜驶入京城,许多

描绘运河的画卷向我们讲述了那场景,
在通州,在积水潭,对桅杆
纠缠不休的风离去了,靠岸的官船运来的粮食,
一直闪着和朝代无关的光泽。
热闹的街市,雨的反光,庸俗的生活里一直都有
我们努力要抓住的梦想。
被拆解的光阴,一直都是一个整体,就像
我们继续坐在这里饮酒,并点亮了灯笼。
这粮仓诞生于遥远的世代,但要取消和我们
之间的距离,总是轻而易举。
也许,它无意指出我们生活的方向,
但假如你不熟悉自己的前世,
就交给他者来安排吧。
也许美味还不够,谜语需要另外的密码,
而在一切可以回味的事物的内部,咔嚓咔嚓,
不是切刀,是另有一座时钟走得精准。

积水潭

一个码头,曾是一幅壮丽图绘。
很多船,其中一艘占据了
中间的位置——它因为
意识到自己被如此描绘而有些膨胀,
帆,想把整个画面撑满。
现在,那失意的颜料散落成
我们生活中

五颜六色的布艺、镶贴、招牌……
没有谁曾看清过码头的全貌，
深水，已退落成几个深潭，结着厚厚的冰。
有人在破冰，那声音，
像在殴打一个庞大的动物。
一群冬泳的人，拍着发红的身体，
搅动水面。原本平静的水
抽搐着，冒着热气。
僵硬的柳丝、石桥，随之放松下来，
小街上升起阳光。邮局前，
一个铸铁儿童，踮起脚尖，
想把一封信塞进邮筒。他身子
微微侧倾，挣直的腰因无法完成
那动作而滞留在
某个早已消失的瞬间。

骑行

崭新的自行车，我们沿着大堤骑行，
春水涨，河面几乎与堤平，
整条大河像在身边飞行。
在某些路段，或转弯时，
河水的反光刺眼。
——落向河面的温和光屑，经过
波澜的炼制，
突然变成了沸腾的白银。

船都高于岸，尤其那些空船，
轻，走得快，像我们
已经来到，却尚未想好怎样使用的青春。
我们交替领先，像比赛，
按捺不住的波浪在体内冲撞。
有时放慢了速度，直起身子，为之四顾，
骑过乡村屋顶、油菜花田。
而当一群雀鸟掠过河面，从大堤上
一冲而起，
我们又兴奋起来，弯下腰
紧蹬一阵，朝着有翅膀的事物大叫，
邀请它们一起到苏州去。

在南阳汉画像馆观天象图

一个个方框,是我们在宇宙中
最早的殖民地。
——浩瀚曾让人不知所措,但在方框中,
它们有形,有情感,近得
可以从中采集呼吸。

——阐释一种完成:神秘、
不羁的远方,纳入了我们的心智范畴:
仰望和观察,已转化为
可以从内部开始的理解。
那么多星辰,老死不相往来,但现在,
它们相聚人间,正学习怎样在一起,试着认识
这些动物:熊、牛、凤凰,怪兽和玄武……
并在兴奋中长出发光的毛发。
学习倾听,因为
对于神,这是必要的,它们要更多地
依赖祈祷和呼唤生存。
羽人会来拜访,玉兔、药神已为此
创造出了新的配方和语言。
交尾,嬉戏,在大地上巡游,作为

一个全新空间里的居民,它们不想让人
发现它们已溜出了天庭。
对于死,它们负责不死;
对于生,它们负责穿越和无休止的欢乐。它们
已洞悉了天空的有限性,以及
在其中生长的、迥异的东西,比如,一颗星
在另一颗的前面,而另一颗
喜欢尾随着群体。夹在
中间位置上不显眼的一颗,曾以为自己
无关紧要,现在它明白了
什么是心脏,并在一下又一下的跳动中,
知道了自己不是一个玩具。

黑暗如静脉,天空,有时会远遁,
又回来,带着难以探究的冰冷。
恶和厄运,会制造出鬼魅——白虎的饵食。
当苍龙飞过,牙齿、利爪间
是我们熟知的疼痛。
——我们已用它培养出了智者。

北斗倾斜,酒香是人间最好的赋税。
蛟龙穿壁,巨鱼扶车,几千年了,它们
一直在履行某个神秘的契约。
晦暗年代的深处有人
手捧月亮像捧着一个晶莹的器皿,以免
我们的灵魂无处措置。

无数盛世，仍无法平息独角兽的愤怒。
而在方框之外，我们一直是
糟糕的邻居，在有限的一生中总是
试图获取对无限的感觉。
——像一个梦，我们仿佛曾真的
在那里生活过。所以，
每当有人死去，就会有手持斧凿的人，
将这一切重新讲述。

甘 南

在甘南的公路边，
时见磕等身长头的人。我据此知道，
雄伟庙宇和万水千山，都曾被
卑微的尺度丈量过。所以，
多风的草叶里阴影多，
低矮的花茎上有慈悲。
青山迤逦，披单殷红，走在
甘南广袤的草原上，我只能是过客。
有次，友人向我说起漫游，说起酥油花
怎样离开了寒冷的手指——
那是在拉卜楞寺的高墙外，我偶尔抬头，
见乱云如火烧，天空
又长出了新的羽毛，使古老大地，
仍像一个陌生的居所。
无名的高处，万象摇晃，一直
都比想象的要深邃得多。

山　鬼

绿影连绵，朽木有奇香，
像在另外的星球上，
一座山熟悉又陌生。

据说，蝴蝶爱上蝴蝶，
要五秒钟；棕榈爱上芭蕉，
要年月无数。
我爱上你，这是哪一个世纪？
阵雨刚过，椰子含水，天空
刚刚露出蓝色一角。

当我们相遇，我知道大海已来过了，
它爱过的页岩浪花一样打卷，
昏头昏脑的木瓜也结了婚。

如今，我正站在神话外眺望。
天黑了，草籽跳跃，小兽怀孕，
远远地，我知道那灯，
并从心底里向你道一声晚安。

雀　舌

春山由细小的奇迹构成。
鸟鸣,像歌儿一样懂得什么是欢乐。

那时我去看你,
要穿过正在开花的乡村,知道了,
什么是人间最轻的音乐。

花粉一样的爱,沉睡又觉醒。
青峦在华美的天宇下,像岁月的宠儿,
它的溪流在岩树间颤动。

吻,是挥霍掉的黄昏。
桌上,玻璃水杯那么轻盈,就像你从前
依偎在我怀中时,
那种不言不语的静。

黄昏小镇之歌

我爱你。这爱,是晚风的恩赐。
在秋天,在静静的小镇,
房屋的暗影像阵阵晚祷。

我知道的茫茫黄昏,
不如正到来的这一个黄昏。
我知道世间那么多相爱的人,
不如我爱着的这一人。

我爱你,像月亮来到天空一角,
又像一只灯笼,照着
一小片墙壁:一粒火在纸中安坐,
笑声和身影互换了位置。

香樟树像种失传的信仰,
拱桥的圆像半圆,
我爱你,像井栏,像墙角的木梯,像无数
安静的、正一点点
放弃轮廓的事物。

此　刻

这花儿，我无法形容它的颜色、情态……
语言止于此也许

是合理的。当我
仰望天空，我察觉到"蔚蓝"一词的无用。
屏风上，木头雕成云朵：得其
所适的云，像一个安居室内的词，带着
绝对的宁静——是种

淡淡的绝望控制着人间：你是核心，
和这核心的绝对性——你的美
对词语的作用是种完美的终结。

……我们继续说话，漫无边际，
镜中人：你和我
全知——拥有全部的心痛，但不在
语言那漫长的旅程中。

重　构

——即便是一枚小小的戒指，
也能完成重构：像一个
圈套，借一根
纤纤玉指，
就能套走生活的全部内容。

美人老去，唯首饰幸存。
猫眼仍会带着想望，
碧玺，则温暖、动人而执着。
冰种却是冷的，对美的追忆，有种
令人害怕的语气，几乎
超出了美管控的范畴。

琥珀黄，象牙白。微沉金叶
知道与风无关的事。
光阴不修边幅，而少女们
一直站在它的对立面。当她们
转过身来，皓腕细腻，星眸闪烁，
已成神话的一部分。

克　拉

她喜欢首饰，喜欢透明
或半透明的东西。一只玉镯
戴久了以后，内部，有云絮升起，
像她的灵魂，总想偷偷溜出去玩耍。
她喜欢玛瑙红艳，翡翠冷碧，独对
切割精美的钻石保持敬畏。
那就是爱吗？或者，
是比爱情更高的东西？每一个
陡峭的棱面上，都有光跌倒。但更多的光
补充进来。内部
耀眼，沸腾，一个光的浩大墓场。
每次经过珠宝店，她都有些眩晕。
有次，她看见招贴画上的"克拉"一词，
感到自己的脊椎，轻微地
"克拉"，响了一下……

咖啡馆:忆旧

1

波纹在木柱里沉睡,
窗上的薄纱仿佛凉透了的花枝。

你沉静,过于温柔。
一阵风在我们心中旅行。
你的手停在幽暗的桌面上:一阵初雪
在季节里旅行。

2

拐过逼仄的楼梯,上面
就是初夏了。空气中,

浮动着类似记忆的暗影。
糖在咖啡里融化:某种不明的变化
在摸索时间的结构。

玻璃花瓶已经替代过什么。
一个下午
正消失于它的寂静。

夕 阳

1

它已快落到地平线上，
不刺眼，不响亮，几乎是幸福的，像个
孤独的王在天边伫立，
体内，金色骨架泛着温和的光。
嶙峋尊严，低吼，性爱过后晚霞般
散失的温度……
无声，鬃毛披拂，渐渐黯淡，
开始领受奇异的宁静。

2

曾经它是一幅画，
挂在客厅的墙上，
连同光线下的田畴和小镇。
那时，它面色柔和，管理大地，晚上
则照看一个几平米的客厅。
有时灯灭了，它呆在黑暗里，
让发光像一件记忆中的事。

现在,列车飞驰,地平线在晃动,
他想起那面墙壁,仿佛
晃动着,从消逝的年代中回来了。

年轻的时辰

楼上有个小孩子在弹钢琴,
反复弹一支简单的曲子。
——部分已熟练,部分尚生疏。
我听着,感觉此刻的生活,
类似这琴声变调后的产物。

我的母亲和伯母在隔壁闲话,
谈论着琐事,和她们敬仰的神。
河水从窗外流过,
那神秘、我不熟悉的控制力,
知道她们内心的秘密。

墙上挂着祖母发黄的照片,
白皙的手,搭在椅子黝黑的扶手上。
她年轻而安详,像在倾听,
也许她能听见,这琴声深处
某种会反复出现的奇迹。

饮　酒

大寒。田野释放出更多空旷。
风一阵一阵吹，让那些
想落脚的事物继续其漂泊。

餐桌上落下浑浊夕晖。老屋如父。
有种遗传的烈性在搀扶饮酒人、踉跄着
去土墙外撒尿的人。
天宇中，灼焰涌动，
来历不明的燃烧让人不得安宁。

菊花残。不见土拨鼠，
它们藏身于黑暗地下，从不求救。
——也许就在今晚，一颗
陌生的星就会运来大雪。

记一个冬天

屋瓦上压着厚厚的雪,母亲
坐在门内纳鞋底。
麻雀偶尔来院子里觅食,又匆忙飞去。
那是些阳光很好的日子,风从高高的云天外吹过来,带着
槭树的苦涩气息。
那也是一个平静的冬天,父亲一直在做家具。
院墙上的枯藤长长的,仿佛可以长过人的一生。
时日缓慢,雪水滴答,辛酸之物悄悄融化。
我在刘集镇教书,放寒假,闲逛,写诗。
年关将至。过罢年,小妹将出嫁,而在重庆打工的弟弟
还没有回来。母亲
常常走到门楼下朝村口张望。
煤矸石路上,偶有从徐州开来的班车。每当烟尘散尽
田野上的雪,似乎更白,也比原来更加寂静。
如果多站一会儿,远处,祖父母的坟便依稀可见,
——他们去世多年,当时,已很少被提及。

初秋帖

我们去拜访一个老者,手心里
残留着铁质扶梯的凉意。

而那回到故乡小镇的人,已提前
在另一个地方度过了一生。

还俗的僧人是个好木匠,
登高的智者,重新得到光线的信任。
苍蝇念经。马头墙不是我们的马,
——它一直滞留在天空中。

下午,过街天桥上系鞋带的人,听见
远郊的果园里,梨像一个哑剧,
蝉,正从树汁中吸食愤怒。

金箔记

金箔躺在纸上,比纸还薄,
像被小心捧着的液体。
平静的箔面,轻吹一口气,
顷刻波翻浪涌,仿佛早已崩溃、破碎,
又被忍住,并藏好的东西。

锤子击打,据说须超过一万次,
让人拿不准,置换是在哪个时刻完成。
这是五月,金箔已形成。同时形成的
还有权杖、佛头、王的脸……

长久的击打,并不曾使金子开口说话,
只是打出了更多的光。
——它们在手指和额头闪烁,
没有阴影,无法被信仰吮吸。

更衣记

旧衣服的寂寞，
来自不再被身体认同的尺度。
一条条纤维如同虚构的回声，
停滞在遗忘深处。
在镜子里，我们不谈命运；
在酒吧，那个穿着线条衫的胖子
像在斑马线里陷入挣扎的货车。
长久以来，折磨一件衣服
我们给它灰尘、汗、精液、血渍、补丁；
折磨一个人，我们给他道德、刀子、悔过自新。
而贯穿我们一生的，是剪刀的歌声。
它的歌开始得早，结束得迟。
当脱下的衣服挂到架子上，里面
一个瘪下去的空间，迅速
虚脱于自己的空无中。

窗　前

当我们在窗前交谈,我们相信,
有些事,只能在我们的交谈外发生。

我们相信,在我们目力不及的地方,
走动着陌生人。他们因为
过着一种我们无法望见的生活而摆脱了
窗口的限制。

当他们回望,我们是一群相框中的人,
而那空空、无人的窗口,
正是耗尽了眺望的窗口。

我们看到,城市的远端,
苍穹和群山拱起的脊背
像一个个问号:过于巨大的答案,
一直无法落进我们的生活中。

当我们在长长的旅行后归来,
嵌入窗口的风景,
再也无法从玻璃中取出。

第三辑

镂空的音乐

小谣曲

流水济世,乱石耽于山中。
我记得南方之慢,天空
蓝得恰如其分;我记得饮酒的夜晚,
风卷北斗,丹砂如沸。

——殷红的斗拱在光阴中下沉,
老槭如贼。春深时,峡谷像个万花筒。
我记得你手指纤长,爱笑,
衣服上的碎花孤独于世。

仙居观竹

雨滴已无踪迹,乱石横空。
晨雾中,有人能看见满山人影,我看见的
却是大大小小的竹子在走动。
据说此地宜仙人居,但劈竹时听见的
分明是人的惨叫声。
竹根里的脸,没有刀子取不出;
竹凳吱嘎作响,你体内又出现了新的裂缝。
——唯此竹筏,能把空心扎成一排,
产生的浮力有顺从之美。
闹市间,算命的瞎子摇动签筒,一根根
竹条攒动,是天下人的命在发出回声。

沈从文故居

年代起伏,花朵晃动。
多么年轻哦,照片里的笑容……

"房间深处,只有一件事
是幸存的事:一个我死去,另一个我
却留了下来,活在
你洁白旗袍的宁静中。"

夜间看海

楼下是泳池。路灯
照着远处的椰子林。林子后面,
没有灯的地方就是大海了。

后来,我们出现在那里,
海,就在脚下,有微弱的反光,仍难以看清。
浪潮一波波涌过来,
带着波尖上闪烁的一痕细亮,然后,
哗的一声,撞到堤岸,把自己
摔碎在那里,
——是的,如果你是海,不管你有
多大,多苍茫,多有力量,
到最后,也只有这样
处理你的秘密了。

而在更远的海上,波浪起伏,
它们的思考,
因为不安而永无休止。

一条狗的故事

有一对小夫妻,养了条狗,
他们宠着它,那狗
被宠得像个顽劣的孩子,
它打碎碗碟,践踏床单,乱撒尿……
后来,他们真的有了一个孩子,分走了
大部分爱,
被冷落的狗,忽然变乖了,
坏习惯竟然全部消失,
有一天,它摔断了腿,
又重新引起了主人的注意,
给它固定夹板,打针,换药,它因
重新得宠而用三条腿快乐地跳来跳去,
再后来腿好了,一切如前,但每当
主人生气,或者,它想引起主人注意的时候,
就会突然改用三条腿走路,
最搞笑的是,它已经忘记了是哪条腿
骨折过,于是,
有时把左后腿悬空吊着,
有时,吊着的则是右后腿。

种树谣

有人在种树,使沙漠
一点点变绿,
另一些人表示反对,他们希望
不要改变什么,
以便我们离永恒更近。

但树一点点变绿,并在秋天落叶。
——总有人
在被忽略的光阴中种树,
不留名字,
不愿进入被我们控制的历史。

树,仿佛一直被种在
失踪的时代中,也从没有
一棵树知道自己那来自人类的赐名。
谁砍伐,它就倒下;
谁用它造屋,它就庇护谁;
谁点火,它就燃烧,用火光收留晃动的脸孔。
枯叶旅行,根,留在黑暗中,
它们给出的一小片儿阴影,其意义

一直是不变的。

一棵树苗，它叶片的欢欣是不变的。
有些正在死去的树，死得
很慢的大树，
它们说出过另一种终结。

天柱峰

大地的尽头
不在远方,而在眼前这座孤峰。
——仰头看,
它已那么高,仍无法
把心中的孤寂递给天空。

开　花

白玉兰在开,像崩溃。
明月朗照的夜晚,一朵云,像一艘航母从水中驶过。
后来,无根莲也开了,
——它并不知道幸福那令人惊骇的内容,
针尖花蕾像刚刚被
迷惘水面,从另一个世界领回。

发烧者

后山有只鸟儿在叫,
世界已静下来它仍在叫,直到
这叫声构成一个事件。

病床上,倾听者在发烧。
他把手搭在椅子扶手上,手在一瞬间
吸走了镀铬铁管里的凉意。

"你是谁?"他问自己,
壁钟内,另一只鸟儿只眨眼,不回答。
——它一直被时间扣留在那里。

后山上的鸟儿继续鸣叫,
像出自一种职业性焦虑;像苦于
某种病始终无法被说出。

交织（组诗）

午后

一只蓝鹊在小街上空鸣叫，
我听了听，
它只是路过，
并不打算控制或改变什么。

称体重

称体重时，看见
指针忽然猛烈颤动了几下，指向
我体重之外的某个地方……
然后它退回，
假装从没触碰过那里。

夜雨

雨越下越大，
无数事物，趁着被闪电照亮的一瞬，
重新创造了自己的面孔。

如果风也大起来，并突然
加快了脚步，一定是
有扇窗子，
正在人间噼啪作响。

美育

花圃像拖沓的剧情，
中药铺里的猫，像个隐士。
昨天发烧，有人说要多喝水。
今天，屋顶上的瓦片扣得愈加整齐，
字帖里，写错的笔画间，
病如美育。

他者

悬铃木的铃声近似沉默，
邮筒的虚空恒定。
光，能听见词语内窸窸窣窣的阴影。
有个人的手，因皱纹过多，
抓住什么，什么就在瞬间老去。

教诲

已近午夜，灯火像血栓，
故事里伸出的手，把一个夜行人，悄悄

拉回书页间。

回声

"有时,时间仿佛停滞了。
古老信仰,正在诵经人的嘴唇上磨损。"
"哦,生活像一面悲伤的墙壁,
现在,来了只壁虎,
——一切看上去都好多了。"

初夏

我们爱过的女孩不见了,
大街上的男子步履匆匆。
雨季来临,梯子潮湿。
昨夜,一张古画里的妙人儿,
悄悄更换了表情。

雾

雾不在湖区的规划中。
雾中冒出的事物,带着突然性。
在雾中行走,你只能研究看得见的东西,
——转眼又远了,你留意到
它们分外珍惜自己的面孔。
在雾深处,事物们重新得到了听力。

所以，你尽管说，
——因为声音察觉不到有雾。

凉亭

要走很远才能到亭子那儿，
——它在河汊、草木深处，等着人走过去。
它并不知道是它在帮我们
把风景，从沼泽中取出。

木栈道延伸着，有叙述所需要的全部耐心，
在薄雾中，感觉有点摇晃，
但走在上面，很稳。

舞蹈

……大家在跳舞。
磨损的曲子上是旋转的黄昏。
这时，一只蚊子加入进来，带着它的曲子。
那曲子单调，没有节奏，不能用来跳舞。
"蚊子有没有听觉？"
没有回答。所有的人都在跳舞。
沉默者的路和蚊子的吸管
长长的——里面是空的。

交织

她谈到某人,谈到
与他年龄不相称的活力。
她闭着眼。他忙碌。声音
从没关好的窗子进来:琴声、刹车声、风声……
生活交织在声音里,樱花
颤动在自身麻醉剂般的香气里。
街边,有个电工抱着电线杆,像在交媾。
经过处理的电流被送往远方的
电影院。那里,忽明忽暗,荧幕上
虚构的命运正在变成现实。

占卜者说

"它是比喻句所生,而非句子所生。"
"比喻是用来抢劫的……"
——有人在和陌生的修辞调情,而高架桥
选择呆在原地不动。

观城隍庙壁画

壁画中，死者们在裸体接受审判。所以，
从明天起，我准备练一练腹肌，最起码
要把小肚腩练下去，以免到时候
脱了衣服太难看。
我还注意到，并不是所有受审者
都束手就缚，他们在拼命反抗，挣扎。所以
从明天起，我打算天不亮就去长跑，不能
让那些人在美梦中睡得太踏实。
形势逼人呀，我还要多去健身房，因为
即便死后，有一把子好力气也如此重要。

啜　泣

一直有人出生，带着新鲜的哭声；
一直有人攒钱，想把心从苦涩的躯体里赎出；
一直有人守着一堆木头，守着墨斗、斧凿，
永无休止的刨花从利刃下涌出。

冬天如期而至。死去的亲人再无消息。
雪花轻飘飘，肉身更沉。一直有人唱戏，在雪地上
踩下凌乱的脚印……他老了，
他在教弟子怎样甩袖，念白，和低低地啜泣。

仲　夏

小孩子爱哭，也爱破涕为笑。
一个驼子，最高的是背脊。
有人把药渣倒在路口，
祈祷它被车轧，被践踏，病被带走。

乱石无言语，蝙蝠多盲目。
池塘快干时，绿如胆汁。
一夜暴雨，小狗丢了衣裳，大狗丢了忧伤，
疯丫头，长成了村里最漂亮的姑姑。

老　屋

要把多少小蟋蟀打造成钉子，才能修好那些旧门窗？
"砰"，北风紧，木匠叹息。
小莲穿着红袄从隔壁来，说：传义哥，我迷眼了，你给
我吹吹。
我扭过头来，看见祖母在忙碌，墙上
又出现了新的裂纹。
小莲，那年我们七岁，你多像一个新娘子。
我吹出了你的泪水，和掉在你眼里微小的疼。
那年，苦李子花开成了雪，祖父喘得厉害，西墙下
他的棺木，刚刚刷上第二遍漆。

清　晨

群山像个句子一样拖着阴影。
清晨,露水之光,一面面山坡……
被领到胡思乱想的人面前。

男子取下墙上的铁器,画眉梳理羽毛,
老火车带着旧时代的寂静。
世界的神秘像一个窗口。你不可能

再在书中读到它了,那奔驰了一夜的
高大悬崖,急停在
幽暗无底的深渊前。

花　事

江水像一个苦行者。
而梅树上，一根湿润的枝条，
钟情于你臂弯勾画的阴影。

灰色山峦是更早的时辰。
花朵醒来。石兽的脖子仿佛
变长了，
伸进春天，索要水。

夏　花

南风送来的爱人，
影子看上去有点甜。
我骑着自行车，带她去见我的母亲。
一路上，她每讲一句话，体重
就会减轻一点。
她去小解，从一大蓬绿植
后面回来，她是无声而快乐的。
地米花谢了，金佛莲
正在开，一粒粒花骨朵，像控制着
声音的纽扣，带着夏天的神秘，
和微微羞怯。

徽 州

岁又晚,窗外落满了雪,
人如一口深井。

饮酒是危险的事,硬了肝肠。
窈窕之章,多颂几遍有凶狠意。

岁又晚,案头砚冷,
想想人生虚度,如可诛心,如贼,

如老火车过万古愁,
如妻老丑时,更念故乡。

岁又晚,雪还在落。
凭窗,风把袖子又裁去一截。

西　湖

女子打着伞过桥,
男子礼佛,行医,研习茶道。
许多年后,女子如幻影,
男子不知所踪。

许多年后,我们依然爱女孩儿,不喜皇帝、僧侣。
是非中灯火阑珊,
老茶树,绿得像个大邮局。

许多年后我去看你,
一阵钟声,去看河坊街里的石狮子。

昭明书院

江山如虎,
骑虎难下的人去读书。

灯光柔软,如斑斓虎纹。
骑虎于壁上
是件多么美妙的事。

尤其是,师傅已经老如枯叶,
照壁,总像沉在深秋里。

三百年虎啸
化作纸灯罩上
一只肥硕蜘蛛的呼噜声。

雨花台

春雨为江山松绑。
蕉叶像一封旧信。
阁子、石隙间,锈迹隐隐。

繁华已被石子们分掉。分到寂寞时,
春又过半。古老铜兽,
守着梅花的病、爱情。

章安镇

潦倒的胸怀变宽,无用,
斜阳脚步轻。
壁虎踞旧戏台,霸天下,纠古今,
见蝴蝶过而不惊。

药师假寐,白了须发,手指
在空桌面上搭着
没有脉跳却来去自如的人,以及
草药经年不愈的心病。

自鼋头渚望太湖

这乱流的水如同书写的水,如同
控制不住自己书写的水。

小岛像谜语一样安静地躺着,
有些伤害已变得接近抚慰。
天际线穿过更遥远的岁月……

那沉没在水底的,正是我们共同丢失的部分。
经历中有那么多需要梳理的线索。

这乱流的水如同取消一切的水。
——你有无数重新开始的深浅,
你仍只有一个用于结束的平面。

宣　城

浅的喜悦在箜篌间流传，
比如洁癖、光阴之暗、性的微尘。
而作坊间，则能听见山河深处的风声。
无数心跳又碎成了纸浆。

城是暮歌，流水剪径，
纸由生而熟。一支竹管埋头苦干
很久了。
明月在天，神仙们列队回家。
敬亭山，带着老公主在路上。

古狩猎图

东山，
弓弦振落了露珠。
清新的鹿撞见清新的死亡。

东山，
又一些年代又一些猛虎。
死亡的斑斓花纹缠绕，
岩石碎裂，绵羊卸下倔强的大角。

黑蓝之夜，
父亲睡意全无，
将闪亮的胆传给钢叉和儿子。

下　游

江水平静，宽阔，
不愿跟随我们一起回忆，也不愿
激发任何想象。

它在落日下远去，
像另有一个需要奔赴的故乡。

雅鲁藏布江

白云飞往日喀则,
大水流向孟加拉。
昨日去羊湖,一江怒涛迎面,
今天顺流而下,水里的石头也在赶路。
乱峰入云,它们仍归天空所有。
——我还是在人间,
我要赶去墨脱城,要比这流水跑得快,
要赶在一块块石头的前面。

海

停笔的间隙,案头寂静。
——远方,海岸线嗡嗡响。而看不见的海沟
像一种秘密、隐忍的存在,在同
下潜的暗流
和表面风浪的联系中……

——浪花扑向礁石寻找信仰
而礁石不动,如同
一只尚未被命名的动物在教
大海走路。

第四辑
世界的尽头

酒歌

1

在那里，酿酒师的口感
大于真理；天堂
是面颊推送的又一次日出。

在那里有种可怕的眷恋：它证明过
思想是易燃品；
而夕阳不是光，是有青春的事物
留下的回声。

2

杯盏如驿站。
坛子，却一直无法被命名。

密闭。存贮。一种纯粹的
精神生活——在对
自身的探究中它发现，它内心之所藏
才是关键：黑暗

看护着一种罕见的内容；历尽
变化的况味

乃生活分野之所在：酒，
比浮世之欢更有耐心。
——黑暗早已完成而酒
从未被完成。

3

一饮而尽乃过瘾之事。

颓然醉去，或在锣鼓的
催促中上马乃过瘾之事。

征服舌头如征服一国，征服
一场浩大秋风乃过瘾之事。

燃烧吧！多少时光旷费已久，
长啸依然大于欢乐。

且去，去踉跄历史中取我前身，
看天下席卷万千头颅
起起落落乃过瘾之事。

傍晚的海滨

我常常以为我已迷失,找回自己
是件艰难之事。
今天,我来到这海边——大海仍然在这里。
有人在那边堆沙器,我在这边望着远方。
我望见的事物:
海鸥继续研究天空;
小岛,守着它无法把握的情感,又呆在其中;
黄昏愈浓——潮水
喧腾,正把早晨时吞下的沙滩一点点
还给陆地。

钟表之歌

我不替谁代言。
我这样旋转只是想表明
我无须制造漩涡也是中心。
在我这里没有拖后出现的人也不存在
比原计划提前发生的事。
一切都在我指定的某个时刻上。
我在此亦在彼,在青铜中亦在
镜像中。当初,
是我从矿石中提炼出铁砂,
是我让大海蔚蓝山脉高耸,
是我折磨月亮让它一次次悔过自新因为
这也是真理产生的方式。
所有的上帝和神都从我这里出发
又回到我这里。
我建立过无数已毁灭的国家今后仍当如是。
除了我的滴答声并不存在别的宗教。
我的上一个念头是北欧的雪崩下一个
会换成中国屋檐上的鸽子。
我让爆炸声等同于咳声,
我让争吵的政客和哭泣的恋人有同一个结局。

我是完美的。不同的语言述说
同样的鸟、城市、天空,这是我的安排。
我创造世界并大于这世界。
我不哭不笑不解释不叹息因为
这永远不是问题的核心。
当我停步我仍能把你们抓牢犹如
国王在宫殿里打盹。远方
军队在消灭它能找到的东西。

明　月

通常我们认为，残月离去，
是为了把我们
生活中坏掉的东西拿走。

当它归来，穿过的仿佛不是里程，
而是来自
遥远岁月的那头。

一轮明月去过哪里？
没人知道。
有些夜晚，它泊在水中，
像靠着一个迷幻的港口。
有些时候，它泊在我们的听觉中，
自己带着岸。

我们知道它又一次变瘦的身影，
却难以说清，一代又一代，
它怎样和我们在一起？

城墙拆掉，游人散尽，

它把不为人知的部分轻轻
浮出水面。涟漪推动，一个
轻盈的怀抱若隐若现。

它再次出发，从一个图案
到一团光，进入天空
那敞开、无从感受的情感中。

卵石记

在水底,为阴影般的存在
创造出轮廓。恍如

自我的副本,对于
已逝,它是剩下的部分。无用的现状,
隐身谎言般寂静的内核,边缘
给探究的手以难以确定的
触摸感,偶尔

水落石出,它滚烫、干燥,像从一个
古老的部族中脱落出来。复又

沉入水底。在激流边
等待它出现像等待

时间失效。
看不见的深处,遗弃的废墟将它
置诸怀抱,却一直
不知道该拿它怎么办。
——它就在那里,带着出生

之前的模样。静悄悄如同
因耽于幻想而不存在的事物。

顽　石

据说，一块顽石变成
宝玉的时间，要比
面如冠玉的人变成一块顽石
慢一些。

那是在夕阳下，在那种
缓缓的沉落里，我们和一块石头
压住了黄昏。

小说怎样构成？
我听过一个假人的嘀咕：一切都是真的。
而疯子的呓语：假的，假的……

……缓缓沉落中，无用之物
才是超现实的——它收留了故事的
一部分痛感，以之维系
我们生活中多出的那部分。

一块结石。它爱着这世界，在远离
这世界的另外一个地方。

泉州洛阳桥

此地类洛阳,而非洛阳。
此桥似曾相识,而它仅仅是这一座。
世间物有奇妙的相似性,
又根本不同。

要拜的佛是同一个佛,
不同的是手艺,
前者是本质,在无数
语种里翕动书页的经卷是本质。
而艺术观上,让我们激动的
是另一种完全不同的东西。

"他演得真像",但他不是他。
妆上到一半或卸到一半,都好。
刚才数桥墩,我想起你。
——我有些入戏,像处在南音里
某个传奇的开端。

现在,我已回到一棵
时代树下,手上有一份
来历不明的情感无处措置。

细雨如丝

有人离开了人世。
有人走在进香的路上。
过街的地下通道里,有个乞丐在拉二胡。
硬币也有镍质的灵魂但很少有人动它。

细雨如丝。
万物摸索自己想要的东西。
卷尾鸟的叫声停在空中,如同善念,如同
风吹之前,善念获得过它需要的重量。

此刻,世间没有阴影。
云杉整齐地排列向远方。

在地铁站候车

人群出现在挡板玻璃深处。
……一面镜子里,地砖盖住了铁轨。
我忽然意识到,那么多人正处于
危险之地而不自知。
这让我想起另外的场景,我悬浮在
公交车、高铁、摩天大楼的窗外,或某个
重大事件运行的呼啸中。
——在生死攸关的世界里,我也曾
凝视过自己,并忧心如焚于
那些不知灾难将至的人。
哦,担心是多余的,一道强光
瞬间剖开了玻璃里的映像,
地铁正进站,即将装走
这个城市里最后一批回家的人。

猫

我写作时,
猫正在我的屋顶上走动,
没有一点声响。

当它从高处跳下,落地,
仍然没有声响。
它松开骨骼,轻盈,像一个词
完成了它不可能完成的事,并成功地
没有引起我们的注意。

它蹲在墙头、窗台,或椅子上。
它玩弄一个线团,哦,修辞之恋:浪费了
你全部心神的复杂性,看上去,
简单,愉悦,无用。

它喜欢在白天睡大觉,像个他者。
当夜晚来临,世界
被它拉进了放大的瞳孔。
那是离开了我们的视野去寻求
新的呈现的世界……

这才是关键：不是我们之所见而是
猫之所见。
不是表达，而是猫那藏起了
所有秘密的呼噜，或喵的一声。

它是这样的存在：不可解。
它是这样的语言：经过，带着沉默，
当你想写下它时，
它就消失了。

高速路边

回老家,车子被堵在
高速路上。我下来抽烟,意外地发现,
公路边不远的地方,是一块墓地。
枯草和坟丘间,一个男子在忙碌,
他烧纸钱,然后放了一串鞭炮。
隔得有点远,看不清墓碑和他的面孔,鞭炮声
也有些发闷。
他在祭奠谁呢?父辈?更远的先祖?
还是早早去世的另外的什么人?
有一辆白色小车从麦田的小道上开过来,
向墓地靠近。
我们总爱说逝者长眠,但也许并非如此,
比如,他们也需要鞭炮声把他们
从梦中唤起。又或者
一些人去世得早,那时,高速路尚未建好,
尚没有一辆又一辆车子嗖嗖驶过,
带起熟悉又陌生的风声,
驶向他们从没去过的远方。
快过年了,许多人都在飞速返乡,
而墓地是沉寂的,风吹动的枯树、麦苗、残雪,

都是沉寂的。偶尔的鞭炮声
加深了那沉寂。
白色小车停下，里面出来一个人，
和原先的那个人打招呼，不急着做什么。
他们坐下来，在石头上抽烟，说话……
空旷的田野上这也许是两个
深深理解了墓地和亲人的人。
后来，我上车前行，在导航仪上发现
附近零星有几个小村：李台、赵家峦……
而没有任何墓地的名字。

蚂 蚁

蚂蚁并不惊慌,只是匆忙。
当它匆匆前行,没人知道它想要什么,尤其是
当它拖动一块比它的身体
大出许多倍的食物时,你会觉察到
贪婪里,某种辛酸而顽固的东西。
有时成群结队的蚂蚁会形成
一条黑色小溪,纤细脚爪
拖动光阴细碎的阴影;而无数
沿着触须消逝的瞬间,是变形的苦楚,如同
它建在墙根的巢穴,同样隐秘,
不被注意,让我拿不准
是什么,正通过那里向黑暗中流去。
雨水沤坏过天花板,巢穴一直安然无恙。
风雨之夜,我读报、倾听,没有蚂蚁的消息。我知道,
我们都爱着自己的沉默,就像爱惜自己的家
那简陋的入口。有次买家具,我把床
拆成几段,好让它从房门安然通过。另一次
是拆迁,础石被撬掉了,我忽然想到蚁穴,但,
所有的蚂蚁都已无影无踪。
偶尔,有刺疼从皮肤上传来,我的手

拍过去，一只小蚂蚁已化作灰尘……
——我几乎不再懂得悲伤，但我知道什么是
蚂蚁的忧虑；所以，
看见细小的枯枝，我会想到庙宇中宏大的梁柱。
另外一些情景稍有不同，比如
一只落单的蚂蚁爬上我的餐桌，仿佛在急行中猛然
意识到了什么，停住，于是有了一瞬间的静止。
在那耐人寻味的时刻，世界上
最细小的光线从我们中间穿过：它把
圆鼓鼓的小肚子，
柔软地，搁在我们共同的生活上。

墙

一堵墙出现，带着
黯淡的雨痕。几乎没有暖意。
它知道，它已在多数人视线之外。
让我记起，一个老家的人
也曾来这城里找我，到处打听我的住址。
（他年轻时的模样依稀浮现。）
而在遥远的地方，一堵墙
已不再被需要。拆了。必须
借助描述才能重新出现。
……扁豆架繁密的触丝晃动，阴影下
墙伸展着，像一段冥想。
——它有了某种意识，提前
预感到了那回忆它的人
将会赋予它的风声和悲伤。
——终于摒弃了声音，它伫立在
对虚无世界的倾听中。

插　图

——你很难画下一阵钟声。
出神的时候，你会
看见河流、石桥、街道……
你看着它在无数目光中旅行。

你画下一座船一样的房子，但画不出
梁柱的沉睡、刚刚睁开的眼睑上
残留的美梦，以及第一缕曙光
踏上瓦楞时的小心翼翼。
廊顶倒扣，像另一只船。你画不出
两种水在空气中无声的相遇。

有时，你怀疑插图的必要性，因为
没有它们，故事也照样在运行。
你画下飞鸟，想让画中的事物
团结在同一片天空下。
但鸟儿的翅膀反对静止。一张插图和其他
页面的联系，像从未建立。

黑暗已收走的，你画不出。

——怎样画下夜晚,一直是个难题。
影子不是秘密。你画下的人在阳光
和灯光下,不像同一个人。
——你耽留在接受观察的瞬间,但
所有瞬间都是对永恒的背离。

最难画的,是留在恨中的那种爱,
以及星星与细菌的相似和差异。
——你再次停下来,察觉到
风在文字里可以不动,或一页一页慢慢吹,
但在插图上,却快得难以控制。

最难画的,是浪子般的明月
重回庭院。门闩,如岁月之舌伸缩。
最难画的,是你的背影在看见
和不存在间游移。轻寒中,
一种打开院门时难言的恩情。

见　鬼

昨夜，老 K 从柳树下经过，
遇见一个漂亮的女鬼。
他说，她折下一根柳条，要他
把住址写在她的胸口上。

他写的，是隔壁一个游乐场的地址。

在这世上，有人会有艳遇，有人
会有厄运，还有人
就住在隔壁，彻夜难眠。

——其危险在于：
人有人行道，鬼有穿墙术。而且，
你是个心中有鬼的人，并可能

因此错过一个好结局。
对此，老 K 不作辩解。但他说，
如果有谁想试一试，我愿意
告诉你那棵柳树的位置。

回忆一部俄罗斯影片

你喜欢电影中战斗的场面,喜欢
那令人窒息的气氛。放映光柱如同
漫步太空的奇异物体。
一排排观众像严峻的波浪——
……哦,整个战区都在摇晃。
你醉心于那摇晃,以及两次
战斗间的空隙:俄罗斯的土地解冻了,
到处都是歌声,姑娘们脱掉棉衣,
腰身纤细,美艳无比。
小战士在擦枪,战争和爱情里,
都有让他流连的东西……
电影院幽深的穹窿下,陌生、
令人兴奋的颤栗,
正在苦难岁月的夹缝里生长。
——如果放映在此时结束,小战士
将一直活着,暖风吹,幸福持续,
唱歌的姑娘将不会有
在暮年时回首往事的悲伤。但胶片
在无情滑动,你对
战局的预测不断被放映机修正。

一批批开赴前线的青年,
死在了弹片纷飞的岁月。
直到放映结束,观众散去,电影院
像空了的战场。
走到门口你朝黑暗中回望,那曾
炮声隆隆的地方恍如
失踪已久的故乡。而几缕光从高窗进来,
跨过座椅如同
跨过壕沟去寻找岁月的源头。

行　舟

船桨耙动，某种
类似天空的大块在水中融化。此外，
是上游带来的一团团暗影
从船底滑过，忘记了
它们在几百年前就已死去的事实。
群山绵延，多古木，时闻钟声。
有人忆起，高高山顶站立过
心怀天下的人，以及
梦想的清白、古老传说的寄生性……
"追忆之殇，如同一再被吃掉的水线。"
错开的小洲上，旋覆花开。望着
空中缓缓转折的嶝道，我心头
也有难以推开的巨石：
远方，某种不可见的事物一直
在制造梦想，而深渊，
不过是偶尔回首时的产物。

风

今夜,风一直吹,
吹着仇人心中的刀子。
巫人念咒,蟋蟀弹琴,
大路两旁,草籽将落。

而花开南浦,水流东山,
风一直吹,吹向墓园。
对忘恩负义者,记忆无用;
对晚归的儿童,
须唤其魂魄三声。

今夜辽阔,牛羊安睡,
先人归来,无声无息。
芭蕉叶大,野店小,
风一直吹,吹走情人的旧衣服。

今夜无语,吃酒三杯。
勿打搅乌鸦。
水西门外的守夜者,
内心埋下丝绸七匹。

乌　鸦

拢紧身体。
一个铸铁的小棺材。

它裂开：两只翅膀
伸了出来。
——当它飞，
死者驾驭自己的灵魂。

它鸣叫时，
另一个藏得更深的死者，
想要从深处挣脱出来。

——冷静，客观，
收藏我们认为死亡后
不复存在之物。

依靠其中的秘密，
创造出结局之外的黑暗，
并维持其恒定。

幕府山

还魂草像慌不择路的人。
波涛被平静的胸膛浪费。

街市喧闹,古渡回暖,
雷声,不时来为遁世者配药。
大雾有忘却的本性,
漩涡有反复确认的激情。

水位下降,断崖登岸,
夜行船,再次悄悄出现在黎明。
蝉和蜘蛛像两个遗民,一个
喜欢叫喊,另一个
喜欢编织,和默默记住。

闪电把花纹赠给衰老的船坞,
倾斜的雨丝,晶亮,微苦。

阿尔泰山古岩画

梦归于舞者。
兽类和星座是相似的种族。
这些,已被刻在石头上,
同草穗、风刻在一起。

——看不到远和近,
地平线与国家均不在其中。
在那样的空间里,夏日更古老,
并知道要和什么在一起。

那是鹿角和弯弓都倔强的世代。
黑暗浩淼,草穗闪光,
从中穿越的风,不着边际,
却有种值得信赖的直觉。

博物馆

不肯停下的呼吸，
无法终止的梦……
对于已经结束的一生，
这是否算得上另外的一生？

陶壶还能提起，
但缺少手；
编钟、磬，还能敲响，
但没有听众。

对于它们中的大多数，
这是个无法界定的地方。
带钩扣住空气，铜绿锁着镜面，
一只鼎里盛着的，
既非无限，亦非无。

只有个别器物，比如
这只面具，对一切都满意。
它认为：面，注定消失，
只有面具不朽。

当逝去的时间返回,
已化身为灯盏,
和带有漫长回忆的光。

没有光的时候,它们
分享同一种黑暗。
不可见似乎更顺理成章。

——灾难也许已过去了,
残缺者,要替不在场的事物
说出其意义。

一张床上,
爱情像经过处理的霉味;
云母屏风中,
闪出一张前世般的脸孔。

临江阁听琴

有人在鼓琴,干瘦的十指试图
理清一段流水。窗外,
涛声也响着——何种混合正在制造
与音乐完全不同之物?
——你得相信,声音也有听觉,它们
参与对方,又相互听取,
让我想起,我也是从一个很远的地方
来到这里,像一支曲子
离开乐器独自远行,到最后才明白,
所谓经历,不是地理,而是时间之神秘。
现在,稍稍凝神,就能听到琴声中那些
从我们内心取走的东西。
乐声中,江水的旧躯体仍容易激动,仍有
数不清的漩涡寄存其中,用以
取悦的旋转轻盈如初,而那怀抱里,
秘密、复杂的爱,随乐声翻滚,
又看不见,想抱紧它们,
一直以来都艰难万分。

溶洞记

即便在洞中，
也有粗大的石柱直抵穹顶，
——它们仍在
和发生过的某种变化抗衡。

有的则像竹笋、瀑布……
——确实存在过另外的春天。
所有的生命都像一阵风。

有的像某人留下的背影，
提醒你守好你的沉默；
有的像无法命名的鬼怪，说明
有更深的黑暗在黑暗中。

有水正从高处滴落，
每一滴里都有漫长的希望；
有的像岛屿、珊瑚，
你要处理好胸中的大海和翻腾。

有的像树林、宝塔、鸟、狗熊……

一座秘密的动物园，
对应着尘世的雄心和法则。
大象踱步，狮子扬鬃。嚎叫，
但无声。

在一座山的内心深处，
藏着无法自控的流逝。
——神仙们来过这里，
他们不解释永恒。

栖霞山

霞彩是天空继承的遗产。
登高，或凭栏远眺，都有美好之物离去后
留下的空寥。
宇宙之变，起于阴霾，我能从你
变幻不定的脸色上，推测世道人心。
那一年鬼子进城，溪水里尽是红色的石头；
那一年刽子手转世为僧，念经声凶猛。
而你是笨拙的，未开口，脸颊上先有
两朵审慎的云。你相信，如此往还，
所有消散的，都会重新聚拢……
譬如峰峦，青霜一击，就会骤然变色，而若
秋风不来，则引颈于稀薄的预感中，守着
深藏于各自心底的秘密。

羊楼洞古镇

有人在佛前祈祷,
有人打马去了蒙古。
光阴狮吼,有种
抑制颤栗的办法是:把叶芽的呢喃,
压进一块茶砖的沉默。

有人在老宅煮水,另一些人
在消失已久的酒肆里唱歌。有种
接纳历史的办法是:
不关心天气之变、天下之变,
只和一盏茶,守着石上辙痕,画里龙虎。

到最后,生活是一街筒子好阳光,
幸福和伤怀各有去处。
仍有人在隔壁继续搬动茶砖,
像在拆散一座城,又像在
温习古老的砌墙术。

雨

1

雨落在巨人的肩膀上。落向
要在雨中完成的事。

雨落向广场。没有人。
雨落向一片被遗弃的空旷。

2

雨不是泪水。
一个可怕的比喻是：乌云在产卵。

雨来了，它穿过虚空，穿过
所有无法撒谎的时辰。

雪　人

本以为世上多了个人，其实，
是我们中有个人
变成了假人。

雪很大，天又黑了，
繁花的身体收尽寒冷。
我们也冷，但需要你萌呆的模样，和开心的笑。

雪更大，词语也散了，
情诗写到一半只得停下来。
我已停下来。如果爱你要忍一忍，
如果难过也要忍一忍。

当人群散去，失眠的人
变成了真假难辨的人。
大雪落在雪人上。我们不要的，
大雪要重新把它抱走。

最后一排

——也许我会谦逊地后退。
无所事事是安静,
摇晃也是安静。

也许我会一退再退,离你们
越来越远。

弯曲的手指能抓住什么?
穷人的幸福,人间的大事,
都自有安排。

是的,也许我会来到这最后一排,
不发言,不表态,
对这世上的一切
不必了然于心。

造　访

……一次意外的造访，
刀子说，经过这里就顺便
来看看你。

刀子的话里没有锋芒，
"打搅打搅!"刀子离去时，
明亮的刃，投来一道抱歉的目光。

刀子是许多人的老朋友，
对生活一直所需不多，比如，
只要别人身上一块模糊的伤疤。

——从不感知疼痛，甚至，
没有耐心听完一声尖叫，刀子
已抽身离去。

与养猫的人为邻

与养猫的人为邻,
你知道了什么是黑暗的信使。
据说,猫是唯一没被驯服的动物,
连同它身后的那段黑暗。
据说,探讨猫的未来不可靠,因为
你一思考,猫就会消失,世界
就会俯身瓦垄、箩筐,或某个古老的脚踝边。
当你伸出手,一切无声,你被迫抚摸
虚无中,一种几乎无脊椎的怪物。
你意识到梅花里暗藏的利爪。叫春的声音中,
你瞥见邻居阴鸷的脸。甚至
人心之恶,胜过了无数斑斓条纹。
而瘦削、细语、像猫一样洗脸的人,想把猫
继续养大、养成一只老虎者,
你得继续与之为邻。
你知道窗台上蹲伏过什么。当它离去,
你试着理解那份空缺:在某些时刻你也要
借助放大的瞳孔观察,辨认那
只能在黑暗中辨认的东西。

裂　纹

它细长，并继续加长……
——深入我们的完整。

一开始它就反对触摸，后来
又反对手指。
——就像所有悲剧都不需要理论，
凡是疼痛开始的地方，颤栗
一定先于语言：是一声
低低的抽泣，
在认领我们身世的源头。

在它的反对中，有咬紧的牙关、
呻吟、难以捉摸的沉默。
当它假装要停下时，
我们重新寻找过生活的方向。
它不回头，但给了我们
穿越碎片和往昔的路径，
或带我们提前进入到未来，捕捉预感，
并就其深刻性作出阐释。

现在，它停在我们体内，无痛感，
无愧疚，像一个
陷入思考的安静器官，捍卫着
看似乌有的内容。因此，
在我们熟知的仇恨和罪愆中，
它最接近无辜。

石　像

在重构的年代，你曾是
剧痛的产物。
但斧凿已离去，震荡的手取消了
精雕细琢和意外的区别。
谁才是胜利者？
流血的名声，还是利刃熟记的往事？
没有交谈，你的影子
有了和你不一样的方向。
当你站着不动，其他事物
学会了怎样在风中疾行。

来自同一个过去，却已无法
在未来中相遇：我们寻找的深刻性
被表面化。
——光线继续分解着它们，
而黑暗渐渐达到巅峰，以致
道路和手势都枯竭了。

你复活又死去，带着石头之梦。
风雨剥蚀，连沉默也已布满皱斑，

当回声遭到驱逐,
你所携带的都已不合时宜。

人群流动,肉欲的灯火
在破坏夜晚。只有时间无尽的耐心
陪伴着你,以及广场的寂静
那无意识的真理。

字

沉默个体
伫立在集体的喧哗中。
——它有了位置感,但并不清楚
一首诗里发生的事。

它倾向于认为:这仍然是个
混乱的国度,充斥着
告密者、小丑、倒卖诗意的阉人……
当有人朗诵,它倾听
那声音和其他声音的关系。

——只能感到一个抽象的空间:
自我从未改变,而世界
正通过一首诗在分行,
并从身边呼啸而去。

禹州张良洞

真的有人在此读过书吗?
历史深不见底,但比起谋士的心
也许还是浅了些。所以,
以几米深的洞穴来安放传说,足够了。
不过,先说说这颍河吧,说说
它的潺潺声响,这样,读史者,你就不用再担心
压在你心底的乱象和石头。
有种力量,不大,但没有它搬不走的东西。
家族、河山,都在破碎,唯有
少年在长成。他是清澈的,这清澈
适合安放我们的脸和镜子。由此,
我想起另一条河:和逃学多么类似,像一次
恶作剧,他伙同一个手持铁槌的人
袭击了皇帝……
然后他出现在那条河边,桥下
没有流水,空空荡荡的河道,
像一种苍茫奔赴后遗落下的鞋子。而他
必须捡拾那份空荡,并分析它。
在那里,在一个叫做圯下的地方,
他才真正顺从了衰老的师傅,

读书，则由朗诵进入到默记。
多么惊心动魄的学习，当他重回故里，
废墟满地，人世翻覆，流水
却并不曾改用另外的句式，和语气。
而他是否再次到过这洞中？
已不可考，唯一能够肯定的是，
河水与人，都已不愿在对方的命运中逗留。
一种彻底的告别：水向东流，人往西去，
唯河上飞来飞去的鸥鸟，像一群
不曾毕业的小学生，白天，嬉戏于乱世，
夜晚，则把这洞窟当作了巢穴。

路

它受命成为一条路,
受命成为可以踏上去的现实。
它拉紧脊椎扣好肋骨因为人多,车重。
当大家都散了,它留在原地。
在最黑的夜里,它不敲任何人的门。
它是睡眠以外的部分,
它是穿越喧嚣的孤寂,
比阶级直,比尘埃低,比暴政宽,身上
印满谵妄的脚印。
当它受命去思考,蟋蟀开始歌唱。
它废弃时,万物才真正朝两侧分开,一半
不知所踪;另一半
伴随它的沉默并靠向
时间的尽头。

窗　外

1

老火车启动,嗡嗡声
由积聚在岁月里的回音构成。

它加速时,某种多余
而无用的悲伤,将水杯晃动。

大地旋转,在创造一只掌控这旋转的
看不见的手。
无数事物消逝:寒星、小镇、孤灯……
——乌亮的钢轨伸入远方,仿佛
从不曾有人世需要它牵挂。

2

地平线上,暮色如同逝去的年代。
我想起钟摆上的污渍、闪烁的光,想起
一支忘掉了很久的老曲子。

旷野有粗糙、旋转的梦。鸟儿,

是被时间驯服的纪念品。
多年苦难,像母亲怀抱着婴孩入睡。山丘
额头坚硬,拒绝接受任何命运。

乡村屋顶,如锈蚀的簧片一闪而过……
列车隆隆奔驰。微弱之爱,
如高悬天顶的一颗小星。

剧　情

戏台老旧。留住某些结局，
必须使用吊过的嗓子。
——抛出的水袖无声翻卷，其中
藏着世间最深的沉寂。

——有兰花指，未必有春天；
有小丑，则必有欢乐。
有念白，天，也许真的就白了。年月
长过一代又一代观众，却短于
半个夜晚。万水千山仍只是
一圈小碎步，使苦难看上去
比欢乐更准确。

——愤怒是你的，也是我的。
悲伤，所有人来分它，就会越分越多……
最后，散尽的繁华都交给
一声叹息来收拾。

那在后台调油彩的人最懂得：脸，
要变成脸谱，
才不会在锣鼓的催促中消失。

印刷术

有时是褪色的油漆，
让我看见斑驳的日子
和其中的幸福。

有时是变形的符号
让我同时在几条路上走着。
我经过殿堂，并知道它们是不存在的，
因为另一条路上有它的废墟。

有时我遇见漂浮的梦，
梦中的情人有孤独的肩膀。我不知道
那是离开了谁的胸膛的肩膀。

时间向未来倾倒而去，
但这不是人生失衡的原因。
我遇见烧焦翅膀的鸟，
像一群失眠者。

遇见印错了的字，笔画和结构
是陌生的几何学。
——它锁住的事物鲜为人知。

准确时刻

室内有两只钟，
一只壁钟，一只座钟。
壁钟总是慢吞吞的，跟不上点；
座钟却是个急性子，跑得快。
在它们之间，时间
正在慢慢裂开——

先是一道缝隙，像隐秘的痛楚；
接着，越裂越大，窗帘，求救般飘拂；
然后，整个房间被放进
某个失踪已久的世界……
"几点了？"有人在发问，声音
仿佛传自高高山顶。

所以，每次拨正指针，
你都有些茫然，像个从远方
重新溜回生活中的人。
——最准确的一刻总像是
陌生的；掩去了
许多刚刚被看见的东西。

两个人的死

一个叫建设,那年六岁,死于
胆道蛔虫病。我记得他抱着肚子,
俊俏的小脸因痛苦而扭曲,背
死死抵在绑着疙针的小杨树上。
他的父母都是哑巴,除了贫穷,
没有钱、药,甚至连语言也没有。

另一个叫王美娟,死于十三年前,
二十六岁,因为宅基地、丈夫酗酒……外遇……
她喝下半瓶农药,在大队卫生室
折腾了大半夜。没救活。

两个人的死,相距
二十年,他们用自己的身体,带走了
一部分病,让这个世界上的苦难
不至于过分拥挤。

他们都是我的小学同学,同龄,同班。
但在阴世,他们的年龄却相距悬殊。
如今我想起这些,因为

我正走过这片墓地。他们的坟包
相距不远，串个门，
也许用不到三分钟。在另一个世界，
哦，假如真的有另一个世界，
我愿他们相逢。
——死过的人，不会再有第二次死亡，
我愿他们辨认，并且拥有
在人间从未得到过的幸福；
或者，一个是儿子，另一个
做他善良的母亲。

在南京

在南京,
我喜欢听静海寺的钟声。如果

稍稍对喧哗做出避让,
比如避开八点钟,
我会去颐和路,或珞珈路上走走。
我捡拾过落叶,时间夹缝中
身份不明的人寄来的信函。

有时在旋转餐厅上
俯瞰,城市如星空,那些
或明或暗的中心,都在旋转,缓缓
发生位移。

在江边,或石象路上,
眼前的事物,总像带着未知的远方。
眺望钟山,那亭台、苍翠峰顶,
仿佛都含着世界的尽头。

第五辑

孤峰的致意

鼓

1

之后,你仍被来历不明的
声音缠住——要再等上很久,比如,
红绸缀上鼓槌,
你才能知道:那火焰之声。
——剥皮只是开始。鼓,
是你为国家重造的一颗心脏。
现在,它还需要你体内的一根大骨,
——鼓面上的一堆颤栗,唯它
做成的鼓槌能抱得住。

……一次次,你温习古老技艺,并倾听
从大泽那边传来的
一只困兽的怒吼。

2

刀子在完成它的工作,
切割,鞣制。切割,绷紧……

刀子有话要说，但我们从未给它
造出过一个词。
切割，像研究灵魂。

鼓，腰身红艳，每一面
都会发出不同的声音。据说，
听到血液沸腾的那一面时，你才能确认
自己的前世。而如果
血液一直沸腾，你必定是
不得安息的人，无可救药的人，沉浸于
内心狂喜而忘掉了
肉体的人。

3

鼓声响起，天下裂变。回声
生成之地——那个再次被虚构的世界，
已把更多的人投放其中。

鼓声响起，你就看见了你的对手。
鼓像一个先知，在许多变故
发生的地方，鼓，
总是会送上致命一击。
——制鼓人已死在阴湿南方，

而鼓声流传：有时是更鼓，

把自己整个儿献给了黑暗。有时
是小小的鼓，鼓槌在鼓面
和鼓缘上游移，如同
你在恫吓中学到的甜言蜜语。

有时是一两声鼓吹，懒懒的，
天下无事。
而密集鼓点，会在瞬间取走
我们心底的电闪雷鸣。

4

守着一面衰朽、濒临崩溃的鼓，
你才能理解什么是
即将被声音抛弃的事物。
——鼓，一旦不堪一击，就会混淆
现在和往世：刀子消失，舍身
为鼓的兽消失。但鼓声
一直令人信服——与痛苦作战，
它仍是最好的领路人。

5

一个失败者说，鼓是坟墓，
一个胜利者说，鼓是坟墓。
但鼓里不埋任何人：当鼓声

脱离了情感，只是一种如其所是的声音。

鼓声，介于预言和谎言之间。
它一旦沉默，就会有人被困住，挣扎在
已经不存在的时辰里。

悬　垂

穹顶上垂下一根细丝，底端
吊着一颗肥硕蜘蛛。
细丝几乎看不见，就像虚空本不可知。
而一颗蜘蛛出现在那里，正从中
采集不为人知之物，并以之
制造出一个便便巨腹。
光影迷离，蜘蛛的长腿团着空气。而一根丝
纤细、透明，绷直于
自身那隐形的力量中，以之维系
一个小世界里正在形成的中心。

夜雨记

看见一本抄经，
想起抄经者已不在了。
看到一则讣告，惊讶于
我以为已死去很久的某人，竟在世间
又默默活了那么多年。

昨夜暴风雨，失眠者在床上
辗转反侧：要在激烈的
扭打过后，才能分辨什么更适合怀抱。
我也曾在泥泞的路径上跋涉……

而阳光照着今晨的理发店。
经过梳理，一场
暴风雨渐渐恢复了理性，消失在梳齿
偶尔闪现的火花中。

明 月

1

——记忆的镣铐。
对于越狱者,天空过于开阔了。

低处,有个相反的国度,
明了一切的水,唱着安魂曲。

2

它躯体的一部分提前离开,悄悄
去了未来。

——那是用于占卜的明月,
当缺失的部分慢慢返回,从远方
带来了不为人知的消息。

蟋　蟀

蟋蟀一代代死去。
鸣声如遗产。

——那是黑暗的赠予。
当它们暂停鸣叫，黑暗所持有的
仿佛更多了。

——但或者
蟋蟀是不死的，你听到的一声
仍是最初的一声。
——古老预言，帮我们解除过
无数黄昏浓重的焦虑。

当蟋蟀鸣叫，黑夜如情感。或者，
那是一台旧灵车：当蟋蟀们
咬紧牙关格斗，断折的
头颅、大腿，是从灵车上掉落的零件。

——午夜失眠时，有人采集过
那激烈的沉默。

"又一个朝代过去了,能够信任的
仍是长久的静场之后
那第一声鸣叫。"而当

有人从远方返回,并不曾带来
胜利者的消息。
但他发现,他、出租车的背部,
都有一个硬壳——在肉体的
规划中,欲望
从没打算满足命运的需求。

据说,蟋蟀的宅院
是废墟和草丛里唯一的景观。
但当你走近,蟋蟀
会噤声:静场仍是难解的密码。
当你长久站立,鸣声会再起,带着小小、
谶语的国向远方飘移。所以,

清醒的灵魂是对肉体的报复:那是
沸腾的蟋蟀、挣脱了
祖传的教训如混乱
心跳的蟋蟀,甚至
在白日也不顾一切地鸣叫,像发现了
真理的踪迹而不愿放弃的人。

而当冬天到来,大地一片沉寂,

我们如何管理我们的痛苦？
当薄薄的、蟋蟀的外壳，像一个
被无尽的歌唱掏空的命题，
我们如何处理我们卑贱的孤独？也许，

正是蟋蟀那易朽的弱点
在改变我们，以保证
这世界不被另外的答案掠取。所以，
你得把自己献给危险。你得知道，

一切都未结束，包括那歌声，
那内脏般的乐器：它的焦灼、恐惧，
和在其中失传的消息。

蒙顶问茶

1

有古籍名纸葵。一诗人名东鸥,
其貌寝,善点茶。
茶末如春沙,汤上浮起轻雪。此景
一半为宋人画卷,一半为我梦境。
而此
宽袍大袖鸟爪之诗人从何来?

"当年,此地征伐,死者众……"
拾阶而上,见柱石皆赤。云雾深处古寺,
菩萨低眉。照壁上
阴阳麒麟殷红:灵异之物,
一直呆在大火中。

而老茶树,要年年采摘,直到它
不再含有激烈的感情。
画在纸上的葵花如打开的结,如涅妙心,
自证,亦证语言的无效性。

2

有一词值得溯其源：
茶马古道之"古"，原为"贾"……

古道甚美：荒草绿云。历史
终究是一桩好买卖。我于
博物馆中见背夫歇脚的石块上，小小的
钉子窝甚美。
而背上茶捆，如一段城墙。
落霞满江，青衣般的火焰滑下喉结。
河山大好，伏虎之力可换小钱。
马颈下铜铃声，卸去了熊罴腹中之痛。

而制饼之技在于：卷刃毛片
压得结实。黑暗中一团酣香无价，
是杀了的青。

3

实相无相，斟茶者龙行。壁上，
迦叶微笑。盖碗边兰花指无声，实为
伟力去后才有的虚静。

公元641年，文成公主过日月山，
众人脑涨，呕吐，侍女取茶饮而解之。

此为茶叶入藏始。

清人顾炎武《天下郡国利病书》:
"腥肉之食,非茶不消……"
乱世腥膻,赖茶御之。距日月山
三十公里有倒淌河,传为公主眼泪所化,
凉甚,然为泡茶好水。

李 庄

一只表，拧紧发条后才拥有了时间。
没发条的东西，被放弃了。

飞鸟渡渊，老虎一跃，石狮隐去年龄。
我知道它们代表了什么。
老树新枝。琴声慢，一截枯木
正把收藏的情感还给人间。

穿旗袍的人，把很久以前
某个人的背影留到了现在。
罗宋汤画在纸中央，几十年了，仍冒着热气。
——这正是那人间无休止的告别，
江流不息，恰似群山的无言。

盒　子

盒子打开的时候
就变小了，几乎装不下任何东西。

膨胀的木偶，
老旧的制药人、玻璃器皿。
墙上，豹子和线条悲伤地望着他。
他的背影被装在镜子里。

身体不断发福。他想，
这是盒子变小的原因。
隔壁，有人打开窗帘让自己上升，
有人打开脑袋让蝴蝶飞走。
再往那边，墙上有个洞，
有人出逃，有人找到了上床的捷径。

现在，再说说他手里的盒子：
它是棕色的，空的，
（他的手指似乎有些肿胀。）
不远处有个声音在讲述
肖像从生活中溜走的办法……只有他

在倾听盒子的沉默。
——像个画中人,
他坐在晦暗画廊深处。

讲　解

你讲解回忆，暴露了旁观者；
你讲解秘密，暴露了手。

你讲解色块，
讲解它们来自哪里；
暴露了它们在哪里。

你讲解山峦，暴露了刺青、女人的臀；
你讲解水，暴露了溶剂。

你讲解立轴，暴露了立场，
你讲解空房间，暴露了逃往天空的猴子，以及
天花板隐秘的安全性。

最后，在一面空墙壁前，
你讲解暴露的空白对一幅
尚未被画出的伟大
作品的参与。

阅　读

读得如果太快，读者
就消失了。
让人苦恼的不是思想，也不是
厄运的裂变，而是
某种叙述口吻的耐心。

书立在书架上，像一截
被收藏的断壁。
——继续读吧，让风暴
从夹紧的书页间掉下来。或者，
先等一等，呆在
轰鸣之前那短暂的沉寂中。

天下大乱，这不重要，
重要的是，在一本刚刚合上的书里，
摧毁世界的风暴
回来了，
正守着忧心如焚的寂静。

蜡　烛

蜡烛亮了，守着
做梦的人，保证他不会从一个
被黑暗控制的地方醒来。

许多事已在梦中发生。有时，
蜡烛燃尽，人还没有醒。有时，
有人忘了把蜡烛点燃。
——它回到一件物品。

我见过甬道、地下室里的蜡烛，
那是在白天，它们像几个
正在整理旧档案的人：耐心地
捆好黑暗，把它们放在
一个被遗忘的世界中。

南　风

睡得太沉，几十年和几小时
混在了一起。把我
拖出灼热梦境的，是依旧迟缓的布谷声。

坚果在长肉。天空像一块磨刀石。
简易公路上，赶往北方的收割机突突响。
衰老的人，坐在空旷村庄低处，
等一阵风来把头颅提走。

秋声赋

枯石像一块老木头。
风在埋东西。

我已接受了来自西伯利亚的寒意,
像棠棣树。
小镇的阴影里满是纤维,
像榉树。
旧卡片上,美洲大草原枯黄一片,
成群的野牛在迁徙。

火车穿过树梢。
空气寂静又明亮,适合
大于风的事物在其中潜伏。

倾　听

倾听一棵树，
每一阵风吹，它的声音都有
微妙的变化。所以，

质询简单的事物，如同拍打自身。
而爱一首简单的诗类似
听取绵绵不绝的回声。

——风穿过树林，
有时会传来咔嚓一声……
风穿过我们刚刚结束的谈话，带着
时间突然脱臼的声音。

登　天

无数尖峰，正在通往天空的路上。
亿万年了，它们干得不错。

我也在登天，
当我大汗淋漓出现在峰顶，
也成了一个云彩上的人。

天空中有什么？
我和众峰都仰着脸。大地上
波涛起伏。没有一处虚空让我们
如此痴迷。虽然，
那最高的一蠢并不比
最矮的一个知道得更多。

我下山来，回首间，
山又长高了一截。
有人还在攀登，他将到达
我没到过的地方。
总有一天，一个从更高的高处下来的人，
会把答案带回人间。

梦

总有人在我梦里出现,
熟悉,或从未谋面的人。
总在梦里陌生的地方,目睹陌生的
城市、原野、怪物和深渊。

梦见的祖父是个农夫,我记不起
他旧军人的身份。
梦里的祖母如此年轻,她是从
一张旧照片上走下来的,彼时,
我还没有出生。
我梦见一群警察,他们来自荧屏,又像
来自某个古老的体系。他们
是怎样长途跋涉并准确地
找到了我的梦?

我梦见的老虎热爱鱼类,
一块草坪像个罪人。
美梦中没有神,噩梦里必有鬼,
我梦见过我会飞,却从未因此
长出翅膀。而那与我梦里相逢的人

据说是假人,因为
他们死去多年,总想借助我的梦
重回已经不存在的光阴。

梦,是否也是种确凿的经历?
——它一直在篡改我的人生,甚至,
想把我从我的生活中带走。
从前的女友也曾来过,我是否该相信
我会再次被爱?
——当她离去,醒来的我
已近暮年,仍有与年轻时同样的伤悲。

空信封

水观音。纸囚徒。
波浪给码头送来了锁链。远方,
幽暗的窗前,有人
正在拆一只空信封。

游子多年无音讯。
信封里有一道拆不开的深渊。

而月亮,正在剪纸人手中挣扎。
——仍没有一束光,
能够真的用来讨论人世。
仍没有一张纸能代替
那单薄的、碎了的、剪坏的……
爱了就不能回头的。

饮茶经

水已抽身而去。
漫游归来,我们向晃动杯盏
索要丢失的声音,和嘴唇。

——仍像在一列纸质火车里,有次,
我们去一座
灯火通明的房子里饮茶。
当叶片像一句话被春风召回,
保险丝爆了。
无声无息的黑暗中,
烧水的人从此再没有回来。

在丰子恺故居

镇子老旧。河水也灰灰的,适合
手绘的庭院,和日常沉醉的趣味。
窗前植芭蕉,天井放秋千,
饮酒,食蟹,在大国家里过小日子。
一切都是完美的,除了墙体内
两块烧焦的门板(曾在火中痉挛,
如今是又冷又暗的木炭),
与他在发黄的照片里(某次会议间隙的合影)
焦枯的晚年面容何其相似。
小镇的士大夫,画小画,写小楷,最后,
却成了大时代命运的收集者。
据说,轰炸前他回过旧居,只为再看一眼。
而我记得的是,年轻时
他去杭州必乘船,把一天的路程
走成两天。途中
在一个叫兰溪的小镇上岸,过夜,
买了枇杷送给船夫。
而船夫感激着微小的馈赠,不辨
大人与小人,把每一个
穿长衫和西服的人,都叫作先生。

下雪了

下雪了,纷纷扬扬。
无论你有过怎样的幸福和烦恼,
现在是雪的纷纷扬扬。

下雪了。有人曾谈论雪,
雪,像是从一场谈话里落下的。
它落进行人的背影里,缓解了
又一个时代的痉挛症。

下雪了。雪,前语言的状态。
而一根树枝,
像个正在诞生的细小词节。

雪落着,人间没有隐喻,
浪漫是件不体面的事。
——我暗恋过你,这暗恋,
像人类没能处理好的感情。

雪在落,世界慢慢变白,
我们和雪在一起。我们的屋顶
已再次得到确认。

霜　降

洞穴内，狼把捕来的兔子摆放整齐。
天冷了，它是残忍的，
也是感恩的。

枯莲蓬如铁铸，
鱼脊上的花纹变淡了。
我们仍在学习怎样生活。

瓦片上有霜，枫叶上有霜，
清晨，缘于颜料那古老的冲动，
大地像一座美术馆的墙。

缘于赞美，空气里的水每天开花一次；
缘于赞美里永恒的律令，天空中，
飞行的大雁又排成了一行。

星　空

我们站在星空下。而据说，
这星空是假的：光，亿万年前就已出发，
发光的星体却早已消失。

——是纯粹的回忆在旅行；是一束
不停行走的光，
在描述星体原来的样子。而且，

它太快了，意识不到和我们相遇，
所以，它并不懂得什么叫此刻；
所以，光不能用于呼喊，
　　肉眼不能用于观察，
只有天文望远镜在独自眺望：它因
望得太远像一件
被宇宙遗弃在我们身边的异物。

所以，只有光在回忆。我们称之为
浩瀚的东西，仅仅是一种
能够用来目睹的感情。

沙头镇

1

青山平安,龙虎藏于古寺,
幸福的映像,是小镇上的一只梅花扣。
有人在整理红绸,手指
被风俗缠住;
花轿,是个无法结束的老故事。

2

最美莫过夏日,
海浪卷起,一层层……
心灵也曾这样不知疲倦,不停歇。

最美莫过登上高高山岩,
望着晨雾,望着远方,
看大海带着预感无休止地奔波。

3

夕晖如雪,心灵没有言辞。

站在古渡头,
看流水如药,看夕阳可入药。

山道上,曾有个人歌唱,现在,
小镇在回忆她的歌唱。
花瓣反复扣紧,星空去而复返,
海滩上细沙无数。

4

红烛肥美,方壶尚温,
老家具有轻微的嗜睡症。
——多少福祉流动,
在岁月愈陷愈深的内部。

亘古春夜,风暴,栖身于古谱中
无人能解的残局。

一天,又从颤动的镜面那里开始了。
轻寒中打开院门的,
是枯枝,和身段婀娜的少女。

花山记

1

这是另外的时辰,
——就像枯莲蓬插在瓶中。

琴台、乌桕,都还在睡眠,
岸边,爬行的螃蟹像一件小事。

2

下了一阵雨。
——雨没有年纪。

台风自海上来,
湖面,像一张用坏的毛边纸。

石狮饮下凉水。
沸腾孤峰,向一朵摇曳的小花致意。

3

日出东山,枇杷熟于西市。
戏院里的椅子干干净净。

月亮不喜食肉者,
秋刀白刃,衣襟云片,
千年大椿,对动物性的欢乐一无所知。

4

庙小,棠梨树像个寄居者。
剧情拖沓,一句旧台词,
恍如嵌在大时代里的梅枝。

山顶,每隔一段时间就有大人物来散步。
后园,胡蜂大腹便便。
一根细针,用以治疗北风的宿疾。

听鸟鸣

听鸟鸣。听它从故事中
抽身而出的愉悦。
——过于真实是琐碎的。而口腔,
仍然是个工作室。

我模仿过那鸟鸣:一枚细舌,
让我沉浸于奇异的愉悦。

作为回报,鸟儿偶尔作出回应。
我察觉,声音飞行,
并非源自对空间的渴望。所以,
最好我们还是各自鸣叫。
最专注的一刻最荒谬。

"难道你想发明一种声音?"
有些念头,像鸟鸣那样古老。
我还是再听一会儿吧,一直听到
大地,像一根树枝在脚下
开始摇晃,并递来
所有鸟儿都不知道的颤动。

邻 居

邻居养鸟,不养鸡。
邻居养狗,牵着它散步。

我有仁慈的邻居,
他养花种草,脾气好,
精通精神疗法。
当他用竹竿敲打树上的黄叶,
秋天就会死去。

我的邻居把别针别在袖口上,
把花园改成菱形。
到了一定的年龄,他就说谎,
并真诚地笑着,
仿佛谎言和笑容都不够用。

我的邻居养猫,让猫,
在夜晚出行,替他去查看这城市。
——控制黑暗的

是一种没有声息的脚爪。
我的邻居鼾声阵阵,
对这世界了如指掌。

太仓南园记

抱梁云,走马楼,
在刻有"话雨"的墙壁前,雨落着,
无人说话。
我在春天里碰到的木头人,
已在秋天失踪。

元启七年,雅集,饮酒;
顺治三年,弹琴,痛哭。
百年弹指间,那些人渐渐变成了
同一群人。琴声与吟哦,
漏窗听懂了,榉树、黄杨,都装作听懂了。

簪云峰湿漉漉的,
换了匾额换人间。针尖下的雪
更白了。
守着亦真亦幻的人间,没有谁比它
清楚那些已丢失的秘密。

黄昏后雨停了,整个江南都在涨水。
月亮到天井上方去探险。仰望中
如此幽深,仿佛
所有失踪的时间都栖息在那里……

金鸡湖

1

我们在湖边散步。
小雨刚过,阵阵清新夜气
冲刷着肝肠里的暗影。

那些高大的建筑仿佛更高了,
但重量已减轻。星星
重临人间,
连接起铺向空中的街市。
现在,有人出现在月亮上,比我们
高三百米。

2

一片水,仍是最好的伴侣。
在图书馆,老人说起稻草人的前身。

是的,街区像新的方程式
在重新结构人间……

但湖水平静,在滚动的
大时代里,它只负责无声的那部分。

它拍打着堤岸,拍打着
海棠和樱花就要告别的地方,
完成春天交给它的工作。

3

那是又一个夜晚,
老木头改成新房的骨架。
民谣里,淡淡的伤感被繁花看护。
时光是个伟大的神,
总能让斟茶的人陷入回忆。
而你,年轻的微笑从未被征服。

那也是一个古老的夜晚,
波浪是个单数。远方,
名叫虎丘的山,潜伏于夜空,
没有急着发出自己的光。